[日]兒島獻吉郎◎著
隋樹森◎譯

毛詩楚辭考

山西出版傳媒集團
山西人民出版社

圖書在版編目(CIP)數據

毛詩楚辭考 / [日]兒島獻吉郎著;隋樹森譯. —
太原: 山西人民出版社, 2015.9(2024.2重印)
(近代海外漢學名著叢刊 / 鄭培凱主編)
ISBN 978-7-203-09100-4

Ⅰ. ①毛… Ⅱ. ①兒… ②隋… Ⅲ. ①《詩經》-詩歌研究②楚辭研究 Ⅳ. ①I207.22

中國版本圖書館CIP數據核字(2015)第193026號

毛詩楚辭考

叢刊主編 鄭培凱
著　　者 [日]兒島獻吉郎
譯　　者 隋樹森
責任編輯 梁晉華
助理編輯 郭向南

出 版 者 山西出版傳媒集團·山西人民出版社
地　　址 太原市建設南路21號
郵　　編 030012
發行營銷 0351-4922220　4955996　4956039
0351-4922127(傳真)
天猫官網 https://sxrmcbs.tmall.com　0351-4922159(電話)
E-mail sxskcb@163.com　發行部
sxskcb@126.com　總編室
網　　址 www.sxskcb.com

經 銷 者 山西出版傳媒集團·山西人民出版社
承 印 廠 山西出版傳媒集團·山西新華印業有限公司

開　　本 700mm×970mm　1/16
印　　張 8.75
字　　數 66千字
版　　次 2015年9月　第一版
印　　次 2024年2月　第二次印刷
書　　號 ISBN 978-7-203-09100-4
定　　價 44.00圓

近代海外漢學名著叢刊編委會名單

出版說明（一）

近代海外漢學名著叢刊選取一九四九年以後未再刊行之近代海外漢學作品，編例如次：

一、本叢書遴選之作品在相關學術領域具有一定的代表性，在學術研究方嚮、方法上獨具特色。

二、爲避免重新排印時出錯，本叢書原本原貌影印出版。影印之底本皆經專家組審定，原書字體大小、排版格式均未做大的改變。

三、爲使叢書體例一致，本叢書前言、後記均采用繁體字排版。

四、個别頁碼較少的版本，爲方便裝幀和閱讀，進行了合訂。

五、少數作品有個别破損之處，編者以不改變版本内容爲前提，部分進行修補，難以修復之處保留缺損原狀。

六、原版書中個别錯訛之處，皆照原樣影印，未做修改。

由於叢書規模較大，不足之處，在所難免，殷切期待方家指正。

總序／温故而知新

晚清以來，西力東漸，西方文化思想的著作也大量譯成中文，最著名的如嚴復與林紓的譯著，影響了整個二十世紀中國的知識界與文學界，使得中國文化的思維脈絡爲之丕變。除了西方思想經典、文學與實證科學著作的翻譯，以實證方法系統化探討中國文史的域外漢學，也對中國學術思想界産生了莫大衝擊，改變了中國學術的著述方法與取嚮。

中國傳統的知識結構，是按經史子集四庫分類的，以儒家意識形態的經學爲文化知識的砥柱，以史學爲貫串歷史經驗的殷鑒，至於子部與集部，則是作爲保存文獻、擴大知識面的附帶知識，可以耽情冥想，可以悠遊玩賞，却都是邊緣化的知識，無關聖教的弘揚，無關文化精髓的宏旨。西方文藝復興之後的現代學術體系，在知識分類上，與中國傳統大相徑庭，講究系統分科，不同知識領域各有其客觀存在的價值，有其相對獨立的目的與標準。日本知識界在明治維新以來，鑒於東方文明落後於西方的船堅炮利，率先效法西方，在追求「文明開化」、「脱亞入歐」的過程中，爲日本學術發展循着現代西方的體例，建立了哲學、文學、歷史學、經濟學、法學、商學、物理學、化學、地質學、醫學、農學、工程學、植物學、動物學等新型學科，企圖與西方學術齊頭並進，從而影響了中國近代學術體系的發展。

本叢刊選印二十世紀上半葉出版的漢學譯著近百册，分爲三大類：「歷史文化與社會經濟」、「古典文獻與語言文字」、「中外交通與邊疆史」，反映民國時期學術界重視西方及日本漢學研究的成果，藉助他山之石，重新審視中國傳統歷史文化的意義，特別是開拓了傳統學術忽略的領域。五四新文化運動以來，中國學者如蔡元培、胡適都提倡「整理國故」，以理性實證的方法，對中國文化傳統做出系統化的研究，是與這些漢學譯著相輔相成的。這些譯著除了介紹域外漢學的成果，還引進了嶄新的學術研究方法與視角，有助於梳理中國文化傳統的脈絡，重新整合知識結構與學術體系。雖然這些學術著作不是中國學者的成就，無法納入二十世紀中國文史學術的主脈，但是從中文譯本的影響而言，起碼也應當視爲中國近代學術發展的支脈或潛流，不容忽視。可惜的是，到了二十世紀下半葉，因爲兩岸政治形勢的變化，這些漢學譯著，除了部分因王雲五重新入主臺灣商務印書館，而得以在臺灣做了少量的重印，在大陸的出版界，則完全受到遺忘，甚至在許多新成立的大學圖書館中也不見踪影。我們搜集了近百冊塵封的漢學譯著，呈現給二十一世紀的中國學術界，一方面是爲了銘記前人爲推展學術而做出的努力，另一方面也是爲了提醒新常態時期的學人，學術發展有其歷史累積的脈絡，可以從中汲取歷史經驗，温故而知新。

說到「温故知新」與這批早期漢學譯著的關係，可以從兩個方面來思考，以見翻譯域外漢學如何反映了時代精神，爲融匯東西方學術思維，重新闡釋中國文化傳承，做出不可磨滅的貢獻。一是域外漢學的研究對象，以中國歷史文化典籍爲主，屬於中西文化碰撞期間興起的「國學」範疇，與五四新文化人物提倡的「整理國故」運動若合符節。研究中國歷史文化，並賦予新的學術意義，是清末民初知識精英念兹在兹的心結。歷史發展走到一個環節，時代的狂風揚起了批判傳統的大旗，風中的英雄幫着推波助瀾，却又無時或忘自己民族文化主體的未來，糾纏於「傳統」能否「現代」的困境。域外漢學的出現，以西方實證方法研究中國歷史文化傳統，綜合東西方各種語言文字材料，擴大了研究國學的眼界，即使無法打開中國文化傳統是否走到盡頭的心結，至少是提供了一個解惑的方嚮，在大霧彌漫的夜晚，看到了依稀渺茫的星光。

二是翻譯域外漢學，有一種以子之矛攻子之盾的吊詭作用，逐漸化解了中國文化思維中的自大心理與封閉心態，讓唯我獨尊的國粹基本教義派解除武裝到牙齒的盔甲，轉而吸收並接受西方實證研究的學風。民國期間新式教育制度的推行、學術體系的變化、大學學術專業的創建，具體到北京大學國學門的成立，中央研究院規劃歷史、語言、考古的研究領域，都與翻譯域外漢學背後的旨意是息息相關的。因此，重新閲覽這批民國期間的漢學譯著，對二十一世紀的現代學人來説，温故而知新，不但可以窺知民國學人追求新知的心理狀態，也會刺激吾人反思，認真思考學術研究方法與中國學術發展的前景，更進一步，探索文化傳統的重新闡釋與新知介入的關係。知識體系的變化當然與傳統的重新闡釋有關，是外爍的影響大呢，還是内因變化的成分居多？

論語·爲政記載孔子説：「温故而知新，可以爲師矣。」歷代解經，對這個「爲師」的道理，有兩種相近似但又取嚮不同的解釋。朱熹四書集注説：「故者，舊所聞。新者，今所得。言學能時習舊聞而每有新得，則所學在我而其應不窮，故可以爲人師。若夫記問之學，則無得於心而所知有限，故學記譏其不足以爲人師，正與此意互相發也。」雖然朱熹把知識分爲「舊所聞」與「新所得」，强調的却是「學而時習之」，從中生發新的心得，也就是從詮釋舊典中得到新知。這個説法與朱熹在鵝湖之會以後，作詩唱和，寫給陸九淵的詩句，「舊學商量加邃密，新知涵養轉深沉」，异曲同工，是一個意思，萬變不離其宗，舊學與新知是同一個脈絡的知識學理。

然而，有些朱熹之前的經學家，解釋「温故知新」，却有不同的取嚮。皇侃論語義疏就説：「故，謂所學已得之事也。所學已得者則温尋之不使忘失，此是月無忘其所能也。新，謂即時所學新得者也。知新，謂日知其所亡也。若學能日知所亡，月無忘所能，此乃可爲人師也。」皇侃明確説到，「故」指的是過去所學的知識，而「新」則指的是新近學到的知識，新舊結合，相互發明，就可以「爲人師」了。邢昺論語注疏循着皇侃的思路，也説：「言舊所學得者，温尋使不忘，是温故也。素所未知，學使知之，是知新也。既温尋故者，又知新者，則可以爲人師也。」這裏講的「素所未知」，就不衹是研讀舊學，有了新的體會，從過去的傳統中發展出的「新知」，而是從來没聽過、没想過的新學問了。這種「素所未知」的新學問，結合「舊所聞」，對習以爲常的知識框架，就會産生巨大的衝擊，而出現飛躍性的結構變化。知識内容或許大體沿襲傳統，知識結構却得以重新整合，出現嶄新的認知系統，重新審視自己文化傳統的意義，打開文化傳承的新局面。二十世紀上半葉的漢學譯作，就發揮了這樣的作用，促使中國學者放棄自我中心的文化態度，從各種不同側面，探知中國歷史文化的光譜，以域外（或是全球）的角度觀測中國傳統，摇動了文化的萬花筒，看到七彩繽紛的中國。

嚴復在甲午戰爭之後，改良變法思想風起雲涌之時，開始大量翻譯西方思想經典著作，是有感於國人（特别是傳統文化孕育的知識精英）思維系統封閉，企圖介紹實證新知，引進邏輯思維的方法，以破除儒學之道「一以貫之」與「放之四海而皆準」的虚妄。他翻譯天演論，在序文中提到，有人歸納東西方學術思想，認爲中國文化重精神，是形而上之學，立意高超，而西方文化重物質，是形而下之學，衹追求功利的回報。他認爲，這種自以爲是的蒙昧態度，陷入傳統舊學的框囿而不自知，没有自我反思的能力，無法吸收「素所未知」的新知識，也就無法開展並弘揚自己的文化傳統。嚴復非常清楚他翻譯西方經典的目的，是爲了介紹新知，打破中國傳統思維的封閉性，但是，作爲披荆斬棘的拓荒人，他深知思想封閉者的頑固心理，必須因勢利導，以免遭到盲目衛道之士的攻訐。嚴復有其防身的策略，不會像許褚戰馬超那樣赤膊上陣，而是以桐城文章譯述赫胥黎、斯賓塞、穆勒、亞當·斯密、孟德斯鳩，博得晚清知識精英的贊許，文章深閎而傳入了新知義理。從文化變遷的角度而言，通過翻譯，以迂迴戰術來介紹西方思想，得到巨大的成功，産生了改變傳統思維體系的實效，是中國近代思想史上影響深遠的大事。以此類推，民國時期大量翻譯域外漢學的影響，也是不容忽視的思想史課題。

關於清末民初西方學術思維衝擊中國知識精英，顛覆傳統文化的知識結構，錢穆在現代中國學術論衡的序言中，從中國文化本位的立場，發出深刻的感慨，做了籠統的批評：「文化异，斯學術亦异。中國重和合，西方重分別。民國以來，中國學術界分門別類，務爲專家，與中國傳統通人通儒之學大相違异。循至返讀古籍，格不相入。此其影響將來學術之發展實大，不可不加以討論。」錢穆所指出的問題，是傳統知識體系强調「通」，文史哲不分家，最崇尚通儒，而現代學術講究專業分科，各司其職，以至於讀不通古籍呈現的整體性知識思維。姚名達在撰寫中國目録學史的時候，對西力東漸，西潮帶來的翻譯著作及新知新學，也有類似的感慨：「四部分類法，不合時代也，不僅現代爲然。自道光、咸豐允許西人入國通商傳教以來，繼以派生留學外國，於是東西洋洋籍逐年增多。學問翻新，迥出舊學之外。目録學界之思想不免爲之震蕩。」這種對學術體系發生重大變化的觀察，反映了中國學人從晚清一直到民國，夾在東西方兩種不同思維體系的衝突中，身歷其境的切身感受，因此感觸良多。

二十世紀上半葉最能代表中國學術的通儒是王國維與陳寅恪，他們浸潤了經史子集的四部知識傳統，承繼乾嘉篤實的考據學風，却都經過西洋邏輯思維與實證科學的洗禮，參與中國知識結構的轉型。對西方現代知識結構如何在中國生根發芽，不但再三致意，并且以自己的學術實踐來努力促成。王國維早在一九〇二年就寫信給張之洞，反對把經學列爲大學分科之首，而主張效法西方與日本的大學，設立哲學科，明確指出知識結構的分類不可因循傳統，而必須另起爐竈。陳寅恪在一九二五年就清華大學建制的問題，寫了吾國學術之現狀及清華之職責，指出大學的職責在於學術之獨立，而中國學術界的情況令人十分不滿，必須認真效法西方學術的體制及實踐。他說：「蓋今世治學以世界爲範圍，重在知彼，絕非閉門造車者比。」這兩位國學大師，對西方與日本的漢學研究十分注意，都是以開放態度對待域外漢學研究，集思廣益，以成其大家。

再回到「温故知新」的歷代經解，說説文化傳承的闡釋學意義。劉寶楠在論語正義中指出，上古之時，文化知識是上層統治精英的家學，不再治理實際政事的長者可以傳遞德行的知識，可以爲人師。「温故而知新」，就顯示長者不忘舊時所學，且能吸收新知，繼承并發揚這種學術與政治合一的傳統。到了孔子之時，時代出現了變化，士大夫不見得能够謹守家法，弘揚德行，也不一定能够「爲師」了。孔子之後，世變日亟，「道術爲天下裂」，文化知識不再爲少數統治精英所壟斷，也不必然與治理政事有關，學術在民間百花齊放，百家争鳴。但是，學術知識發展的脈絡基本未變，仍然是要温故知新，進德修業。從劉寶楠不經意的闡釋中，可以看到時代變遷影響了學術文化的內容，改變了知識結構的體系，但其內在發展的理路仍舊，還是需要舊學與新知的融合，才能有所發展。

劉寶楠還引述了劉逢禄的解釋：「故，古也。六經皆述古昔、稱先王者也。知新，謂通其大義，以斟酌後世之製作，漢初經師皆是也。」劉寶楠贊成這個説法，並指出，漢唐人解釋「知新」，大多數都沿用此意。也就是説，舊學是傳統的知識結構體系，新知是時代變化出現的新知識，必須相互斟酌，才能發揮得宜。至於如何對舊學「通其大義」，就見仁見智，各有説法了。從這個通達的詮釋來討論近代西學東漸的情況，我們可以看到，「温故而知新」在民國學人的心底，是産生「傳統」與「現代」糾葛的心理陷阱，不易跨越。若依照朱熹的説法，「學能時習舊聞而每有新得，則所學在我而其應不窮」，雖然在哲理上可以模模糊糊説通，但在清末民初的具體歷史環節，西學的新知屬於完全不同的知識體系，在原有的舊學脈絡中，根本無從立足，如何「其應不窮」？所以，真要放之四海而皆準，提升「温故而知新」的普世意義，以理解域外漢學譯著與近代學術知識體系變遷的文化史意義，我們認爲，皇侃、邢昺，一直到劉寶楠的闡釋，是比較合適，並與現代文化闡釋學的説法相近。

伽達默爾（Hans-Georg Gadamer）在他的名著真理與方法中，説到認知理性與文化傳統的關係，特別指出，人們通過理性，來判斷歷史文化中事實的真相，但是人的理性與生存環境息息相關，與傳統所衍生的豐富文化底蘊有關，不可能完全超越文化傳統的思維脈絡。他認爲，人生活在文化傳統之中，就不可能「遺世獨立」，以全能超越的抽象思辨來認識傳統，甚至是批判或顛覆傳統。傳統是歷史文化延續與傳承的表徵，不會一成不變，而我們的認知理性也會因時代變遷，而不斷重新詮釋傳統。伽達默爾的闡釋學以西方文化傳統爲例，説明新知如何納入傳統，而使文化傳統生機不斷，生生不息，與中國歷代經學家的説法（朱熹除外），有异曲同工之效。以此觀照民國時期的漢學譯著，我們認爲，這批學術新知傳入中國，對中國文化傳統的繁衍與發展，實有承先啓後之功。

近代海外漢學名著叢刊的出版，最值得感謝的是南兆旭先生二十多年來搜羅的執着與努力。雖然這套叢刊不能窮盡民國時期的漢學譯著，但是，能滙集上百册自一九四九年以來在國内不曾重印的學術著作，再度公之於世，總是功不唐捐的大功德。忝爲本叢刊的主編，我面對這批民國學術材料，先是感到紛雜無章，有些原作者的學術素養也難副當前的學術標準，甚爲猶豫。後轉念一想，這是上個世紀中國最紛亂時期的學術記録，也是民生凋敝，國勢隤危，内亂外患交加之際，仍有許多學者孜孜矻矻，戮力翻譯域外漢學，爲中國學術的傳承拓展新知的坦途，不禁肅然起敬，開始用心整理分類。掛一漏萬，在所難免，好在有學殖豐贍的靜友擔任分卷主編，並撰寫各分卷前言，實在是衷心銘感。有傅杰教授負責「歷史文化與社會經濟」、戴燕教授負責「古典文獻與語言文字」、霍巍教授負責「中外交通與邊疆史」，吾道不孤矣。在整理編輯過程中，周威先生費心最多，也是我要衷心感謝的。

道術之存亡，全在人心之嚮背。這批民國漢學譯著重新問世，對我們生長在承平之世的學人，應當有激勵的作用，爲學術研究多盡份力，讓中國學術發展更上一層樓。

鄭培凱

二〇一五年七月

前言

二十世紀三十年代是中國現代學術史上的一個黄金時期。從晚清的白話文運動，到白話文在民國初年被定爲現代國語，中國的語言也就是「漢語」本身便發生了一個很大的變化。在漢語的這一現代轉化過程中，「新文學」即白話文學、又或稱國語文學的异軍突起，又起到極爲重要的推進作用。因此，現代的漢語和文學，從一開始就如雙生子一樣關係密切，不可切分。

當然，白話文與白話文學的興起，原因不止一個，但不能否認的是，在漫長的從「邊緣」變爲「正統」的道路上，它們都受到過外來的語言和文學的刺激。這裏面既包括有現代漢語對「外來語」的吸納、新文學對外國文學的模仿，也包括了引入歐美日的方法，對漢語和文學加以研究。這個研究，還不單單是針對現代的漢語和文學，也針對古代的漢語和文學。

伴隨着漢語和文學自身的演變，而在語言學界及文學研究界發生的這些轉變，其實是中國學術在各個領域實現其現代轉型的一部分，也可以説是中國現代學術之建立的 個基礎。隨着對東洋、西洋從觀念到方法、從文獻到詮釋的全面開放，在一九三〇年前後，中國的語言學和文學研究也迎來了自己的黄金時代。

這個黄金時代出現的很多學術成果，都是當時中國學者在傳統學問的基石上，吸收外國的方法、結論得到的，如王力所説，那時的語言學，「始終是以學習西洋語言學爲目的」，文學研究也莫不如此。所以，要想説明這個學術上的黄金時代究竟是什麽樣的，又如何形成，勢必要對當時的國外漢學知其一二，尤其要對翻譯成中文出版的漢學書籍有一點瞭解。

語言學方面，自馬氏文通引入西方語法之後，在中國影響最大的恐怕就要數高本漢。從一九二七年的左傳真僞考及其他，到一九七二年的中國聲韻學大綱，他關於中國語言學的論著幾乎都有在中國（包括香港、臺灣）翻譯出版。據説早年間，在他的音韻學論文尚未譯成中文出版前，錢玄同就已經拿着其中幾頁，作上課的教材用。他的中國語言學研究的譯者賀昌群也曾説，在語言音韻學方面有所成就的學者，都是借高本漢之力。

文學方面，一個突出的現象是，日本漢學家的著作被翻譯出版最多。究其原因，大概是由於日本在歷史上受中國文化影響甚深，日本漢學家普遍有很好的漢學功底，到了明治維新以後，又先於中國接受歐美的思想、文化和學術，這兩方面的結合，促使日本漢學界産生出很多新的研究成果，其中就有像兒島獻吉郎、鈴木虎雄、本田成之、青木正兒、鹽谷温、梅澤和軒等人的著作。這些涉及中國古典文學、藝術、思想等領域的論述，兼有東西之長，比較容易爲中國學界理解和認同。因此，在現代中國的文學史、文學批評史、藝術史、哲學史等學科領域，日本的研究範式一度相當流行。

説到海外漢學的影響，還不得不提及海外漢學論著的翻譯出版，在二十世紀三十年代前後是又多又快，像成書於一九三二年的石田幹之助的歐人之漢學研究，一九三四年就有了中文譯本，就是典型的一例。這固然是由於當時的中國學界對於及時掌握海外漢學動嚮，有一種普遍的要求，可是不能忘記的是這些漢學論著的譯者，在這中間扮演了很重要的「驛騎」角色。

在這裏，也許不需要再去重復趙元任、羅常培、李方桂這一黄金組合翻譯高本漢中國音韵學研究的故事，不需要説明高本漢論著的大多翻譯者，如張世祿、賀昌群等，也都是很好的專業學者。就連最早的左傳真僞考及其他，也是經胡適推薦，由當年聲名鵲起的新鋭陸侃如翻譯的。而在陸侃如看來，他的譯介，就是爲了「東海西海互相印證」（譯跋）。

值得一説的，倒是譯過不少日本書籍、不限於漢學著作的孫俍工。孫俍工一九二四年赴日留學，他本來學的是德國文學，可是很快翻譯了鈴木虎雄的中國古代文藝論史、鹽谷温的中國文學概論講話、本田成之的中國經學史、兒島獻吉郎的中國文學通論，興趣完全轉到對中國古典的研究。他在各書的譯序中，談到過對中國衹有整理國故保存國故的口號、成績却不如日本的看法（中國古代文藝論史），談到過他要借翻譯來使人看到在被我們自己抛荒的文學園地裏，經别人代耕，而有怎樣一番禾黍芃芃的景象（中國文學概論講話），也談到過如本田成之對於孔子「别開途徑」的理解，可爲中國學者取法實多（中國經學史）。對中日學界當時情況的判斷，大概是他譯書的動機。據説他在一九二八年回國任教後，短短幾年就編出幾百萬字的書來，其中像中國文藝辭典、世界文學家列傳、中國語法講義等，有人説都涉嫌抄襲日人（彭燕郊那代人·關於孫俍工）。這也大可説明他心目中的日本學術，不光是漢學，何等優越。當然，他翻譯鈴木虎雄、鹽谷温的著作，按趙景深的説法，還是「對於中國文學的貢獻頗大」（文壇憶舊·文人印象·孫俍工）。

另外一位翻譯日文書極其勤奮的是王古魯。王古魯一九二〇年赴日讀的本來是英文系，一九二六年回國後也教過英文，但是他翻譯過的日本書籍，題材廣泛而雜駁，涉及小説與經史之學、語言文學、民族和對外關係，既有論述，也不乏考據。由於他對日本學界的追踪，與他對中日關係的觀察是聯繫在一起的，因此，他在一九三一年翻譯的田中萃一郎西人研究中國學術之沿革、一九三四年編譯的傅斯年等編著東北史綱在日本所生之反響、一九三六年編寫的最近日人研究中國學術之一斑，都在中國學界引起過强烈的反響。在他翻譯的文學論著中，最有名的恐怕就是青木正兒的中國近世戲曲史。吴梅早已表揚過他在翻譯中表現出的專業態度，即對青木正兒引書「無不一一檢校」，故「可爲青木之諍友」（序）。一九五六年他寫信給青木正兒，又説此書不僅獲得「我國各方面極爲重視」，還作爲「中文本」，與王國維宋元戲曲考等六種，入選蘇聯大百科全書的「中國戲曲」條目，説明譯作本身成了經典。而這一次的翻譯，大概也爲他後來到日本搜集古本小説、戲曲，最後成爲造詣頗深的中國文學史研究專家做了很好的鋪墊。

中國現代學術史也應該銘記這些譯者的功勞。

戴燕

二〇一五年六月八日於復旦

作者簡介

著　者

兒島獻吉郎（一八六八年—一九二六年），研究中國文學的杰出學者之一，在中、日兩國學界産生過重要影響。他一生著述宏富，學問涉獵日外史學、中國古代文學、漢語言文字等領域，而主要成就在中國古代文學研究方面。

譯　者

隋樹森（一九〇六年—一九八九年），字育楠，山東省招遠縣東良村人，元曲研究專家，通曉日文。曾先後翻譯了同時期許多日本漢學大作。

序

毛詩楚辭攷是日本兒島獻吉郎博士所著，原收支那文學雜攷中，支那文學雜攷係博士門人所編的他的遺著，內收文章十篇，都各自獨立，並不是一部整書；所以這兩篇也可以單行。

兒島博士是日本有名的漢學家，關於他的生平及著作，本書所附的山田準的支那文學雜攷序中說得很清楚，譯者不復多贅。他的著作譯成中文的有中國文學通論，（孫俍工譯，商務出版。原名支那文學攷，係由支那散文攷，支那韻文攷及支那諸子百家攷三卷合成。）及中國文學概論（北新書局有胡行之譯本；商務書館有張銘慈譯本；世界書局有拙譯本，名中國文學。）等書。毛詩楚辭攷可算是毛詩楚辭的「概論」，頗値得研究文學的人一讀，所以我把它譯出來，貢獻給國內的讀者。博士的著作，搜集材料至爲豐富，條理尤其明晰，至於攷證論斷，也多獨到之處。我想凡是讀過他的中國文學概論的人大概都知道，無須譯者多說了。

民國二十四年，譯者序。

目錄

毛詩攷

楚辭攷

毛詩楚辭攷

毛詩攷

一　毛詩與魯齊韓詩

毛詩之稱，乃對魯詩齊詩韓詩而言。魯詩是魯國申培所傳。齊詩是齊國轅固所傳。韓詩是燕國韓嬰所傳。毛詩是河間毛亨所傳，而毛萇承之，所謂大毛小毛是也。

秦朝的焚書坑儒，是中國文學的一大災厄。而詩書是六經中孔子所雅言者也，最爲秦朝所疾視。誰敢偶語詩書，便要棄市，從這裏就可知道秦之如何仇視詩書了。但是詩經之恢復舊觀比較書經爲早，這是因爲書經的生命是憑藉竹帛，而詩經的生命，却在於諷誦。漢書藝文志說：「三百五篇遭秦而全者，以其諷誦，不獨在竹帛故也」；這話很是。所以書經雖由於伏生的諳誦，僅僅傳下了二十八篇；而詩經則毛亨傳之於六國之際，申培轅固韓嬰毛萇傳之於漢初，他們都是用的諳誦。不過凡事有一利卽有一弊，三百篇之早復舊觀，固然是因爲以諳誦爲主。而四家詩的文字章句，其間不無多少的異同，也便是因爲諳誦的緣故了。

專修申培所傳的魯詩的，有孔安國王臧趙綰韋賢王式等人；專修轅固所傳的齊詩的，有蕭望之匡衡等人；研究韓嬰所傳的韓詩的，有王吉；研究毛亨毛萇所傳的毛詩的，有鄭衆賈逵馬融鄭玄王肅等。魯齊韓三家的詩，在漢武帝時卽已立於學官，而毛詩獨於平帝之末，始列學官。然齊詩亡於東漢，魯詩亡於西晉，韓詩亡於北宋，獨有毛詩，宋元以後，以至今日，還是橫行天下，這也決非偶然的，因爲毛詩的眞價值遠在魯齊韓三家詩之右啊！陳奐在詩毛氏傳疏序中說：「齊魯韓三家詩，多採雜說，與儀禮論語孟子春秋內外傳論詩，往往或不合。三家雖自出於七十子之徒，然而孔子既沒，微言已絕，大道多歧，異端共作，又或借以諷動時君，以正詩爲刺詩，違詩人之本志。故齊魯韓可廢，毛詩不可廢。」這話是先獲我心的。

在這魯齊韓三家詩已亡的今日，欲論四家的異同與傳統，是一件不可能的事了。雖是這樣，但如魯齊韓三家詩以關雎爲刺康王晏朝之詩；毛詩則以關雎爲詠后妃之德，叙宜爲文王之好逑的太姒之事；這便比三家詩爲好。其他如韓詩以漢廣爲悅人之詩，以芣苢爲「傷夫有惡疾」之詩，以鷄鳴爲讒人之詩，以鼓鐘爲刺昭王之詩，以賓之初筵爲衛武公飲酒悔過之詩，以雲漢爲宣王遭旱仰天之詩，以閟宮爲恤公子奚斯而作者，以那爲美襄公者；而毛詩則曰，「漢廣，文王之道，被於南國，美化行乎江漢之域；」「芣苢，后妃之美也，和平則婦人樂有子矣；」「鷄鳴，思賢妃也；」「鼓鐘，刺幽王也；」「賓之初筵，衛武公刺時也；」「雲漢，仍叔美宣王也，」「閟宮，頌僖公也，」「那，祀成湯也；」從這些地方，也可以知道韓毛兩家的詩序是互有異同且各異其傳統的。又，劉向是楚元王之孫，傳習魯詩，而在他的列女傳中，以芣苢爲蔡人之妻作，以汝墳爲周南大夫之妻作，以行露爲召南申人之女作，以邶之柏舟爲衛寡夫人所作，以碩人爲莊姜傳母作，以燕燕爲定姜送婦作，以式微爲黎之莊夫人及傳母作，以載馳爲許穆夫人作；像這些，大概都是依據魯詩之序了。魏張揖是習齊詩的，在他的上林賦注中有「伐檀，刺賢者不遇明王也」之語，這乃是依據齊詩之序，與毛詩序所說的「刺貪也，在位貪鄙，無功而受祿，君子不得進仕爾，」是殊辭而一歸的。

四家之詩，各有其傳統，各有其異同，已如上述，但是他們的優劣却不容易斷定。所以漢章帝時候，令賈逵撰述齊魯韓詩與毛詩之異同，賈逵雖然把他們的異同撰述了，而對於他們的優劣便難能論定了。等到鄭玄作箋，取毛傳的地方獨多；及至毛傳鄭箋合刻，毛詩的勢力便把其他三家壓倒了。朱熹雖於毛詩之序，棄而不用，但是經的本文，仍不能不依據毛詩。經元明至清初，陳啓元戴震段玉裁胡承珙馬瑞辰陳奐等人皆主毛詩，由此可知毛詩比魯齊韓三家詩的生命獨長了。而皮錫瑞不取毛詩，反去仰慕魯齊韓三家詩，這是何意呢?!唉像他這樣，便是所謂「強執以爲異」者吧?

二　大序小序

要打算理解毛詩，不能不依據他的序。詩序是說明作詩的事實與目的的；所以讀詩若不根據詩序，則不能知道作者的主意何在。但是把詩來讀，其表現於文字章句者，有時又未必盡與序中所言者相符合；鄭樵朱熹等人之不取詩序，便是因爲這種原因。不過魯齊韓毛四家，都是傳承孔子及子夏的遺意，他們各張門戶，各成一家，師弟相授受而傳統的尊尙遺經的；所以毛詩有序，韓詩也有序，魯詩及齊詩也有序。四家的序雖然未必一致，但是如像毛詩之序的傳承孔門之遺意一樣，韓詩魯詩齊詩的序，也必是繼述孔門之遺教了。若從詩序所言的不與經文相一致這一點看來，反可認詩序有傳統的價値。所以把大小序一概棄去的朱熹，到他作白鹿洞賦的時候，也有「廣靑衿之疑問」及「樂菁莪之長育」的話，這不還是取毛詩小序的「菁莪樂育人才也」及「子衿學校廢也。」之意嗎？

把毛詩的序分爲大序小序，這是我所不取的。而陸德明經典釋文（卷第五）引用舊說，自關雎之序的起始至「用之邦國焉」謂之小序；自「風風也」至末尾名曰大序。朱熹作詩序辨說，以序中「詩者志之所之也」至「詩之至也」爲大序，其餘之首尾爲關雎之小序。這是把一篇文字分爲大序小序的。但是文選取此一篇，題毛詩序，認爲子夏所作，所以可知在蕭統時代，還沒有大序小序的分別。何況說到詩序的作者，則沈重（毛詩義疏）說：「大序是子夏作，小序是子夏毛公合作」；黃櫄（詩解）推廣程頤之說云：「小序國史之舊題；大序記夫子之言而非夫子之所作；其餘小序則漢儒之說，或雜其間。大序之文溫厚純粹，有繫辭氣象，意者夫子與門人弟子所以論詩者如此，而若子夏之徒集夫子之言而冠於三百篇之首耳。」這都與文選之把毛詩序認爲子夏所作一樣，是我不能贊同的。然自後漢書儒林傳中有「衞宏作毛詩序」之說；其後隋書經籍志云，「詩序子夏所創，毛公及衞宏又加潤色」；蘇轍云，毛詩之序，衞宏之所作，而非孔氏之舊；王安石說，「序乃詩人所自製；」程頤說，「小序國史之舊文，大序之文似繫辭，孔子所作；」王得臣說，「首句孔子所題；」鄭樵說，「大序是當時採詩大史之所題；」王質說，「村野妄人所作；」於是諸說紛紛，無所歸着。若是讓我用一句話斷定此事，那麼既是稱爲毛詩，則這序一定是毛亨所作；假如這序是孔子或子夏所作，則魯齊韓三詩亦必奉戴之而一齊冠於卷首，怎能獨爲毛詩所專有呢，假如詩序是衞宏所作，那麼自漢初以來至後漢衞宏時代，能說這時間之中還沒有詩序嗎？魯齊韓三詩都各有其序；而他們的序，亦未必與毛詩之序相同，所以這序決非孔子或子夏之所作。且謂魯齊韓三詩皆有序，毛詩獨無序，直等到後漢衞宏時始作序，這話最不可信。若以毛詩之序與其他三家相同，都是自毛萇時代卽已流傳，那麼在六國時代自口頭傳承孔子子夏之遺意的毛亨，必定是創作者了。王肅家語註所說的「子夏所序詩義，今之毛詩序是也」；這話決不可從。而韓愈曾論及子夏所以不序詩的原因，那是很對的。仁井田南陽之毛詩補傳（舉要）說：「小序首一句古序，當時史官所書；下文則毛公仍子夏之舊補之，衞宏以師授之言更加潤色；」竹添井井之毛詩會箋說：「序首二語爲毛萇以前所傳古序；以下續申之辭，爲毛萇以後經師所附；」這都拘於大序小序之區別，難免受知一而不知二之讖了！

三　詩之六義

毛詩關雎之序云：「詩有六義焉：一曰風，二曰賦，三曰比，四曰興，五曰雅，六曰頌；」這是祖述周禮春官「大師教六詩曰風曰賦曰比曰興曰雅曰頌」之語的。孔穎達毛詩正義說，「風、雅、頌詩之異體，賦、比、興，詩之異辭。」風、雅、頌實在是詩的體制及性質上之分類，而賦、比、興則不過是作詩的手段方法。所以六義排列的次序，不作「風、雅、頌、賦、比、興」而作「風、賦、比、興、雅、頌」這是我多年以來的疑問。若說賦、比、興三種作詩手段，僅只應用於風而不敢施於雅、頌，這樣對於風賦比興雅頌的排列次序固然沒有異論了，但是奈何現在雅、頌之中竟有興呢？若說風爲諷刺之義，雅爲正說之義，頌爲形容之義，三者與賦、比、興同爲作詩的手段方法，那麼六義的排列次序雖然也無異論，但是與序中所說的風、雅、頌之定義不相一致，這又奈何呢？所以我對於六義的分類，不無慊然了。

詩序中說明風、雅、頌之定義曰：「一國之事繫一人之本，謂之風；言天下之事，形四方之風，謂之雅；頌者美盛德之形容，以其成功告於神明者也。」這話很不徹底，解釋這個風字是「風化」之義還是「風刺」之義並不分明的；不過我相信與其把風字解作「風化」「風刺」之義，還不如把它解作「風俗」之風爲確當。爲什麼這樣說呢？因爲十五國風的風並不是「風化」「風刺」之義，而爲「風俗」之風啊！漢書藝文志說「古有采詩之官，王者所以觀風俗知得失自考正也。」禮記王制說，「天子五年一巡狩，命大師陳詩以觀民風。」這都是把風字解作風俗之風的。而朱熹解釋風字說：「風者民俗歌謠之詩也。」這便以風爲平民文學了；他更加以說明曰「謂之風者，以其被上之化以有言，而其言又足以感人，如物因風之動以有聲，而其聲又足以動物也。」對於詩序一概棄而不取的他，不也是詩序的「風化」「風刺」之說的雷同者嗎？唯鄭玄周禮註有「風，言賢聖治道之遺化也」之語，這與說風化風教之結果下成國風民俗者爲近。至於雅、頌，則雅，正也；頌，容也；而雅多爲朝廷讌饗之樂歌，頌多爲宗廟祭祀之樂歌。朱熹楚辭集註說：「風則閭巷風土，男女情思之詞；雅則燕享朝會公卿大夫之作；頌則鬼神宗廟祭祀歌舞之樂；」這便明以風爲平民文學，雅、頌爲貴族文學了。其他如鄭樵之詩辨妄說：「風者出於風土，大概小夫賤隸婦人女子之言，其意雖遠，其言淺近重複，故謂之風。雅出於朝廷士大夫，其言純厚典則，其體抑揚頓挫，非復小夫賤隸婦人女子能道者，故曰雅。頌者初無諷誦，唯以鋪張勳德而已；其辭嚴，其聲有節，以示有所尊，故曰頌。」吳徵之校定詩經敘錄說：「鄉樂之歌曰風，其詩乃國中男女道其情思之辭，人心自然之樂也；故先王采以入樂而被之弦歌。朝廷之樂歌曰雅，宗廟之樂歌曰頌，於燕饗焉用之，於會朝焉用之，於享祀焉用之；」這都能說明風、雅、頌的特質。而章俊卿的詩論說：「風之詩大率三章四章，一章之中大率四句，其辭俱重複相類。若夫雅則不然，雅有小大，小雅之雅，固已典正，非復風之體，然其語間有重複，雅則雅矣，尤其小者爾；曰小雅者，猶言其詩典正，未至於渾厚大醇也。至於大雅，則渾厚大醇矣；其篇十有六章，章十有二句者，比之小雅，愈以典則，非深於道者不能言也。風與大小雅皆道人君政事之得失，有美有刺；頌則無有諷刺，唯以鋪張勳德爾。」這可謂能自形式上發揮三者之特色了。所以從作者來區別風、雅、頌，則風概爲閭巷士女之作，雅、頌爲公卿大夫之作。從詩體來區別之，則優婉溫柔而意在言外，是風的特徵；明白雅正而正言其事，是雅的特徵；敬虔齊莊而稱揚其功德，是頌的特徵。

賦、比、興的定義，序中雖不曾明言，然如於賦則鄭玄周禮註云：「賦之言鋪，直鋪陳今之政教善惡；」朱熹集註云：「賦者敷陳其事而直言之者也。」於比則鄭註云：「比、見今之失，不敢斥言，取比類以言之；」朱註云，「比者以彼物比此物也。」於興則鄭註云，「興、見今之美，嫌於媚諛，取善事以喻勸之；」朱註云「興者先言他物以引起所詠之詞也。」這都是以賦爲鋪陳之義，比爲比喻之義，興爲興起之義者。他如鄭衆周禮註曰，「比者、比方於物也，興者、託事於物也。」朱子全書曰，「比是以一物比一物，而所指之事常在言外；興是借彼一物以引起此事，而其事常在下句。但比意雖切而却淺，興意雖闊而味長。」王昭禹周禮訂義註曰，「直述其事而陳之謂之賦；以其所類而況之謂之比；以其所感發而比之謂之興。」范處義詩補傳曰，「鋪陳其事者賦也；取物爲況者比也；因感而興者興也。」仁井田南陽毛詩補傳曰。「感物以起情謂之興；借物以喻事謂之比；興者感發之名，比者譬喩之稱。」可知對於賦、比、興之定義，古來並無異說。但是及至實際上把賦、比、興用在三百篇上，則古註新註，意見各不相同了。例如葛覃、卷耳、草蟲、行露、摽有梅等在毛傳爲興，在朱註爲賦。柏舟、綠衣、谷風、北門、北風、有狐、兔爰、揚之水、鴇羽、有杕之杜等，毛傳以之爲興，朱註以之爲比；像這種地方，眞是不遑枚舉。甚且在毛傳爲興，在朱註爲賦的草蟲、行露、摽有梅等，龜井昭陽竹添井井皆以之爲比。毛傳朱註都認爲興的鵲巢、殷其雷等，昭陽井井皆以爲比。因此，我認爲賦、比、興的定義不得不改訂了。

尤其在毛傳僅只註興不注賦比；並且註「興也」的場合，亦僅註首章，第二章以下雖有比、賦，亦覺不顧，於是比、興之別，遂至混淆而不可復識了。又毛傳中脫漏「興也」二字的地方很多；後人不察，不無妄於毛傳興之意義容疑者。這也是使賦、比、興的範圍曖昧的原因。況且朱熹對於一首詩，或爲興而比，或爲比而興，或爲賦而比，越發使人沈於疑惑之雲中了。我在這裏下一斷言：賦是純敘述法，比是純比喻法，而興爲半比半賦之章法。何以故呢？因爲興是前半二句用比，後半二句用賦的。所以借那用在前半之物，更在後面敷敘之，則爲比之體；而在後半應敘的事實，把牠從前半即敘來者，則爲賦之體；這便是興的特徵。但是興有二種，不可不知。仁井田南陽之補傳舉要曰，「興有兩例，借物喻事則一也。下文有重言其實者，有接續他事者，周南詩『南有喬木不可休息；漢有游女不可求思』齊詩『無田甫田，維莠驕驕，無思遠人，勞心忉忉，』是下文重言其實者也。周南詩『關關雎鳩，在河之洲，窈窕淑女，君子好逑』又『桃之夭夭，灼灼其華，之子于歸，宜其室家』是下文接續他事者也」即是。南陽所說的「重言其實者」，是說前半之比與後半之賦，用同一句型的，這是興之正體。所謂「接續他事者」是說一面承前半之意，而一面變其句型，更轉接他事；這是興的變體。且南陽說毛傳中有把「興也」二字脫落的，他先舉殷其雷、小星、二子乘舟、相鼠、揚之水、羔裘、破釜、伐柯、皇皇者華、無將大車、有駜、泮水十二篇；更舉螽斯、燕燕、鶉之奔奔、將仲子、碩鼠、我行其野六篇；這總算能把興的範圍擴大了。不過他把比興看作相同的東西，說道：「興卽比也。比之在首章者謂之爲興，取感發；也在二章以下者謂之爲比，取譬喻也；故比與興義雖有二，其實一也。」這一點，是我所不能左袒的。

四　詩之刪定

在孔子刪定以前的古詩，有三千餘篇；及孔子刪之爲三百篇，常雅言之，以之供興觀群怨之資了。司馬遷史記曰：「古者詩三千餘篇，及至孔子，去其重，取可施於禮義三百五篇，孔子皆弦歌之，以求合韶武雅頌之音；」這是說刪定以前的古詩之數是很多的。但是在論語中數稱「詩三百」，墨子也屢說「詩三百」；這可知孔子以後的詩是三百篇了。假如說自孔子以前，詩卽僅三百篇，所以孔子屢屢稱詩三百，這便是謬見了。何則？既然是孔子自刪爲三百篇，已爲定本，教誨後進，爲什麼還自己躊躇於稱三百篇呢？論者雖或對於刪定以前古詩有三千餘篇這件事懷疑，但是試察周初的列侯如何衆多，自武王至敬王敬王四十一年孔子卒，下泉之詩作於敬王之世。的年數如何悠久，那麼誰還懷疑三千餘篇詩爲多呢？荀子儒效篇說，「兼制天下立七十一國，姬姓獨居五十三人而不稱偏焉」；呂氏春秋說，「周之所封四百餘服國八百餘」，史記說，「武王成康所封數百而同姓五十五」因此可知武王周公時周之封國有七十一個；到了成康以後便增爲四百餘國了。又自武王至平王年數大約是四百年，至敬王的年數是六百四十七年。而天子每五年巡狩一次，則至平王有八十回之巡狩，至敬王有百二十九回之巡狩了。若每次巡狩時自一國中僅採詩一篇，則至平王時從七十一國中可採五千六百八十篇詩，至敬王時可採九千二百三十篇詩了。這怎麼還能懷疑三千餘篇之過多呢？但是自從孔穎達不信太史公的話，說道：「案書傳所引之詩，見存者多，亡逸者少，則孔子所錄，不容十分去九，遷言未可信也。」於是宋之鄭樵朱熹王柏吳師道湛若水之徒皆疑刪詩之事；淸之朱彝尊趙翼崔述李惇等，亦皆辨刪詩說之妄。不過歐陽修及邵雍却都贊同太史公之說，歐陽修曰，「司馬遷謂古詩三千餘篇，孔子刪存三百，鄭學之徒以遷爲謬；予考之遷說然也。今書傳所載逸詩，何可數也？以詩譜推之，有更十君而取一篇者，有二十餘君而取一篇者，由是言之，何啻三千？」邵雍曰，「仲尼刪詩，十去其九。諸侯千有餘君，風取十五；西周十有二王，雅取其六。蓋善惡明著者存焉耳。」這兩家的話都是先得我心的。

五　詩之功用

詩的功用很多，不僅只是音樂舞蹈的補助而已。詩書是孔子所雅言者；尤其是詩，更是孔子所最尊重的，「不學詩，無以言，」是他訓誨他的兒子鯉的話。「興於詩，立於禮，成於樂」是他警告他的門人的話。他論到詩之功用，說道「誦詩三百，授之以政，不達；使於四方，不能專對；雖多亦奚以爲？」這是他看出來詩有行政的及外交的效果了。又說，「詩可以興，可以觀，可以群，可以怨，邇之事父，遠之事君，多識於鳥獸草木之名」；這又是道破詩的社交的倫理的及博物的效果了。

詩是言志的東西，虞舜在數千年之前就說過了。詩是流露作者之感情而訴諸讀者之感情的；讀者共鳴於作者之人格，同情於作者之境遇，而同時又可自己反省，自己慰藉，自己發憤興起。這是詩的第一種功用。詩人因詩而敘述其情志，發揮其性靈，既是皆出於無邪之思，所以王者欲由詩以觀民風，察國俗；巡狩之際，不僅使太師陳詩，並且還置採詩之官，使之搜集列國的歌謠。這大概是因爲欲審民情之眞僞，明政教之得失，移風易俗，實在沒有比詩再好的了。這是文學的政治化而爲詩的第二種功用。採詩之官，搜集了詩歌，然後保管於司樂之手，樂官把它作成曲譜，被之管弦，以爲音樂，而用之鄉黨，用之邦國，且教授之於大學。周禮所說的「大司樂以樂語教國子興道諷誦言語。大師教六詩，曰風、曰賦、曰比、曰興、曰雅、曰頌」是也。然則音樂由詩然後產生；所以朱子全書說「詩出乎志者也。然則志者詩之本，而樂者其末也。」又說「詩之作本爲言志而已。方其詩也，未有歌也；及其歌也，未有樂也。以聲依永，以律和聲，則樂乃爲詩而作，非詩爲樂而作也。」詩瀋曰，「人之有詩，非必緣樂以作；聖人作樂，非必因詩以興；而詩爲人聲，金石絲竹爲物聲，各有相須之妙。聖人見其然，因之以詩入樂，以樂合詩，而樂與詩乃幷之爲一。」又曰，「明是因詩而合樂，非必因樂以作詩也。」這是文學的音樂化而爲詩的第三種功用。受之以政而能達者詩之功也；使於四方而能專對者，亦詩之功也。子游爲武城宰，以弦歌風化人民，孔子嘗評之曰，「割鷄焉用牛刀？」子游對曰，「昔者偃也聞諸夫子曰，君子學道則愛人，小人學道則易使也。」孔子乃曰，「二三子，偃之言是也，前言戲之耳。」這是文學的行政化而爲詩的第四種功用。且朝聘會同之際，賦詩以見志，是春秋時代的常事，而屢屢見之於左傳。如晉重耳出奔之秦，秦伯享之，重耳賦河水，秦伯賦六月；如魯文公與鄭伯會，鄭伯享之之時，子家賦鴻雁，季文子曰，「寡君未免於此，」賦四月，子家更賦載馳四章，文子復賦采薇四章；又如鄭之六卿餞韓宣子，子齹賦野有蔓草，子產賦羔裘，子太叔賦褰裳，子游賦風雨，子旗賦有女同車，子柳賦蘀兮，宣子喜曰，「鄭其庶乎！二三君子以君命貺起，賦不出鄭志，皆昵燕好也。」這都是例證。這是文學的外交化而爲詩的第五種功用。溫柔敦厚修養之於內；興觀群怨發顯之於外；邇之事父，遠之事君，內則正閨門，經夫婦，外則治邦國，厚人倫。此文學之倫理化者而爲詩之第六種功用。且三百篇中用鳥獸草木蟲魚爲詩料的很多；孔子稱詩之效果說，「多識於鳥獸草木之名，」便是因此。例如鳥之種類有：

雎鳩　黃鳥　鵲　鳩　雀　燕　雉　雁　鶉　流離　烏　鴻　鷄　梟　鴇　鴞　鶘

鳲鳩　鵙　鷗　鸛　倉黃　雝　脊令　隼　鶴　翬　桑扈　鸒　鳶　鴛鴦　鷮　鷖

鷹　鶩　鷺　鳳凰　桃蟲

獸之種類有

馬　麟　鼠　羔　羊　麕　尨　豝　豵　虎　騶虞　狐　象　牛　兔　狼　貊　于貉

貍　鹿　熊　羆　豺　兕　貓　豹　貔

草之種類有

荇菜　葛　卷耳　芣苢　蔞　蘩　蕨　薇　蘋　藻　茅　葭　蓬　匏　葑　菲　荼

薺　苓　黃　茨　唐　麥　綠竹　荍　芄蘭　葦　諼草　黍　稷　蓷　蕭　艾　麻

荷　游龍　茹藘　蕑　芍藥　莠　莫　藚　稻　粱　蘞　苦　蒹　菼　紵　菅　苕

蒲　萇楚　稂　蓍　葽　薁　葵　菽　瓜　壺　苴　韭　果臝　苹　蒿　芩　瓠　臺

萊　莪　芑　莞　蔚　蔦　女蘿　芹　藍　堇　萑菽　秬　秠　虋　芑　筍　萊

牟　稌　蓼　茆

木之種類有

桃　楚　甘棠　梅　樸樕　唐棣　李　柏　棘　榛　栗　椅　桐　梓　漆　桑　檜

松　木瓜　杞　檀　舜　扶蘇　柳　樞　榆　栲　杻　椒　杜　栩　楊　條　櫟　駮

檖　枌　女桑　鬱　棗　樗　杞　枸　楰　穀　梗　柞　棫　楛　栵　檉　椐　檿

柘

蟲魚之種類有

螽斯　草蟲　阜螽　蝤蠐　螓　蛾　蒼蠅　蟋蟀　蜉蝣　蜩　螗　莎雞　蠋　伊威

蠶　蠨蛸　熠燿　虺　蛇　蜴　螟蛉　蜾蠃　蜮　螟　螣　蟊　賊　蠆　蜂　魴　鱣

鮪　鰥　鱮　鯉　鱒　鱨　鯊　鱧　鰋　鰷

像這些東西的種類之多，眞是不遑枚舉。所以雖然讀其詩識其名，但是每每不能知其實；因爲這種原因，吳陸璣著毛詩草木蟲魚疏二卷，宋王應麟著詩草木鳥獸蟲魚廣疏六卷，明吳雨著毛詩鳥獸草木疏三十卷，把博物學上的智識提示出來供給儒家經生。這是文學的博物化而爲詩的第七種功用了。

我相信，與其說詩的功用在於動天地感鬼神，還不如說它在於叙人情感人心厚人倫爲最妥當。子貢論貧富悟衞風淇澳「如切如磋，如琢如磨」之義，孔子稱之曰，「賜也始可與言詩已矣!」子夏問逸詩之「巧笑倩兮，美目盼兮，素以爲絢兮，」悟出「禮後乎」，孔子又稱之曰，「起予者商也，始可與言詩已矣！」曾子解大雅文王「穆穆文王，於緝熙敬止」之義爲「爲人君止於仁，爲人臣止於敬，爲人子止於孝，爲人父止於慈，與國人交止於信」子思解大雅旱麓之「鳶飛戾天，魚躍于淵」之義爲喻道之昭著，曰「言其上下察也」；蓋皆自己反省而爲倫理的解决者。又如東漢姜肱感於凱風之至孝，兄弟同被而寢，已不入房室，遂化繼母之闢；北齊顧歡讀詩至蓼莪之「哀哀父母，生我劬勞」，輒執書痛泣；這些又足證詩之感化能厚人倫了。南容三復大雅抑之「白圭之玷，尙可磨也；斯言之玷，不可爲也」；子路終身誦衞風雄雉之「不忮不求，何用不臧？」這不也是篤信詩的嗎？困學紀聞云「子擊好晨風黍離而慈父感悟，周磐誦汝墳卒章而爲親從仕，王裒誦蓼莪而三復流涕，裴安祖講鹿鳴而兄弟同食，可謂興於詩矣。」這也把詩的感化力說出來了。

六　三百篇之修辭法

詩以聲律爲主要條件，這從尙書舜典中舜告典樂的「詩言志，歌永言，聲依永，律和聲」的話便可知道。不過虞夏時候的詩，形式素樸，還沒有脫離原始狀態，到了周朝，詩道大爲發達，一句四言之中，用雙聲疊韻及叠字的很多，從這裏也可以知道聲律在修辭上是如何的重要了。例如在周南召南中：

關關雎鳩　維葉萋萋　其鳴喈喈　維葉莫莫　桃之夭夭　灼灼其華　其葉蓁蓁

肅肅兔罝　椓之丁丁　赳赳武夫　翹翹錯薪　喓喓草蟲　趯趯阜螽　憂心忡忡

都是疊字的熟語；他如詵詵、振振、繩繩、揖揖、蟄蟄、僮僮、祁祁、惙惙、脫脫等也都一樣。又如：

窈窕淑女　君子好逑　輾轉反側　陟彼崔嵬　我馬虺隤　陟彼高岡　于彼行潦

南山之陽　蔽芾甘棠　委蛇委蛇　羔羊之皮

都是疊韻的俗語。又如：

參差荇菜　不盈頃筐　我馬玄黃　厭浥作露　素絲五紽　求我庶士　唐棣之華

都是雙聲的熟語。雖然熟語畢竟不過是二字之聯合，但是在一句四字之中用了兩個熟語，那麼在句的構成上，熟語已佔其半了。例如衛風碩人之詩：

河水洋洋　北流活活　施罛濊濊　鱣鮪發發　葭菼揭揭　庶姜孼孼　庶士有朅

除去最末一句之外，每句都用疊字法。全篇一共二十八個字，疊字竟佔了十二個。但是對此不僅不斥其頻繁，而且後世的詩人，反多祖述它。例如楚辭悲回風連用礚礚、洶洶、容容、芒芒、洋洋、翻翻、遙遙、潏潏八個叠字；文選古詩十九首之青青河畔草連用青青、鬱鬱、盈盈、皎皎、娥娥、纖纖六個叠字；迢迢牽牛星連用迢迢、皎皎、纖纖、札札、盈盈、脈脈六個叠字；韓愈南山詩連用延延、夫夫、喁喁、落落、誾誾、巘巘、參參、煥煥、敷敷、閤閤、悠悠、兀兀、超超、蠢蠢十四個叠字；這不都是胚胎於碩人之詩嗎？

至於雙聲叠韻，三百篇以後詩人也最慣用的，楚辭漢賦唐詩等無不皆然。所以清王筠著毛詩雙聲叠韻說，收載三百篇中之雙聲與叠韻字。不僅毛詩如此，杜甫的詩中也多雙聲叠韻的熟語，故周春有杜詩雙聲叠韻譜之作，洪亮吉在北江詩話中說「三百篇無一篇非雙聲叠韻，降及楚辭與淵雲枚馬之作，以迄三都兩京諸賦，無不盡然，唐詩人以杜子美爲宗，其五七言近體無一非雙聲叠韻也。」這話亦可謂能發揮雙聲叠韻的價值了。

雙聲叠韻及叠字之熟語，乃是把聲律上同音或同音的文字二字相連結者，爲修辭上最簡短的對偶法。若把他延長起來應用在二句之間者，則稱對句；對句在修辭上是爲要增加文字的潤色，醫治文字的枯竭的。若再把它延長起來更應用在四句之間者，則稱隔句對；隔句對是對句中最自由而最豐潤的，例如：

覯閔既多　受侮不少　邶風、柏舟

深則厲　淺則揭　邶風、匏有苦葉

穀則異室　死則同穴　王風、大車

出自幽谷　遷於喬木　小雅、伐木

發彼小豝　殪此大兕　小雅、吉日

忘我大德　思我小怨　小雅、谷風

之類，都是對句中的正對。但是在三百篇中的對句，用正對的地方不如用駢對者多。正對是對偶之常式，駢對是對偶的駢枝。正對是借有無多少等反對的文字表明一個意思；而駢對則依同一句型把兩個意思重複排列，句的意思每多散漫而不緊張者，例如：

喓喓草蟲　趯趯阜螽　召南、草蟲

莫赤匪狐　莫黑匪烏　邶風、北風

鶉之奔奔　鵲之彊彊　鄘風、鶉之奔奔

南山崔崔　雄狐綏綏　齊風、南山

無草不死　無木不萎　小雅、谷風

如月之恒　如日之升　小雅、天保

春日遲遲　卉木萋萋　小雅、出車

如竹苞矣　如松茂矣　小雅、斯干

之類，都是駢對。不過二句雖然都有比興之意義，但是在下句若不以正意緊承，則在兩句裏面所包含的意思就不明確；因而比興的目的及方法自不無曖昧，所以難免支離滅裂了。

至於隔句對，它在四言詩的對偶上，却是最爲自由而極有色彩與情味，例如：

昔我往矣　楊柳依依　今我來思　雨雪霏霏　小雅、采薇

昔我往矣　黍稷方華　今我來思　雨雪載塗　小雅、出車

之類，便是曹植朔風詩的「昔我初遷，朱華未希；今我旋止，素雪云飛」之所由出。其他如：

就其深矣　方之舟之　就其淺矣　泳之游之　邶風、谷風

不見復關　泣涕漣漣　既見復關　載笑載言　衞風、氓

誰謂河廣　曾不容刀　誰謂宋遠　曾不崇朝　衞風、河廣

析薪如之何　匪斧不克　取妻如之何　匪媒不得　齊風、南山

糾糾葛屨　可以履霜　摻摻女手　可以縫裳　魏風、葛屨

謂天蓋高　不敢不局　謂地蓋厚　不敢不蹐　小雅、正月

維此哲人　謂我劬勞　維彼愚人　謂我宣驕　小雅、鴻雁

湛湛露斯　匪陽不晞　厭厭夜飲　不醉無歸　小雅、湛露

也都是隔句對。

對偶是修辭的一種方法，不僅在詩中是不可少的，在文中也是必要的。所以就是以達意爲主的經書史書以及諸子百家之言，也都時常作對偶之筆。文既如此，那麼在那尙修辭重聲律的詩中，不問近體古體，自然沒有不用對偶的了。尤其是在律詩，更以對句爲通篇的生命。不過用在四言詩

中的對句，種類極少，範圍很狹，在正對聯對之中，雖不見回文對、聯綿對、雙擬對、虛字對、雙聲對、疊韻對、當句對、數字對等對偶，但是在隔句對中，却有很巧妙的使用疊字對、聯綿對、數字對、當句對、雙聲疊字對的。小雅賓之初筵「其未醉止，威儀反反；曰既醉止，威儀幡幡。」是疊字對。小雅魚藻「魚在在藻，有頒其首；王在在鎬，豈樂飲酒。」是聯綿對。小雅無羊「誰謂爾無羊？三百維群；誰謂爾無牛？九十其犉。」是數字對。小雅正月「匪鶉匪鳶，翰飛戾天；匪鱣匪鮪，潛逃於淵。」是當句對。又周南關雎「參差荇菜，左右流之；窈窕淑女，寤寐求之。」是雙聲疊韻對。

像二句的對偶之有正對駢對一樣，四句的對偶——即隔句對——也有正對蹉對兩種。隔句對的正對，上面已說過了，隔句對的蹉對又怎樣呢？例如：

關關雎鳩　在河之洲　窈窕淑女　君子好逑　周南、關雎

即是。為什麼說這是隔句蹉對呢？因為「關關雎鳩」與「窈窕淑女」雖為對偶，但是「在河之洲」與「君子好逑」却不成對偶。「在河之洲」乃明其所居，而並未顯匹偶之義；「君子好逑」乃明其匹偶之義，而未顯其所居；這即是所謂互文。然則所謂蹉對者，便是似對偶而非對偶，似不對偶而

又爲對偶的一種東西。例如：

南有樛木　葛藟纍之　樂只君子　福履綏之（周南、樛木）

汎彼柏舟　在彼中河　髧彼兩髦　實維我儀（鄘風、柏舟）

無田甫田　維莠驕驕　無思遠人　勞心忉忉（齊風、甫田）

未見君子　憂心炳炳　既見君子　庶幾有臧（小雅、頍弁）

都是蹉對。

又有每章僅二三句，而章中也並沒有一個對句，但是與次章三章連章而觀察，則通篇自然成對句之形式。例如周南麟之趾

麟之趾　振振公子　于嗟麟兮

麟之定　振振公姓　于嗟麟兮

麟之角　振振公族　于嗟麟兮

即是。其他召南之騶虞，王風之采葛，齊風之著及盧令，魏風之十畝之間，唐風之無衣等，也都是不以

句相對而連章成對的。須知這是對偶之權道，同時也應該知道對偶是修辭的要件。

三百篇的修辭法，不僅止於應用二字連合之熟語的雙聲疊韻法及叠字法；也不僅止於應用在二句或四句之間的對偶法之研究。一文一字的用法，也都有很大的工夫，例如：

鴥彼晨風　鬱彼北林　跂彼織女　睆彼牽牛　倬彼甫田　汎彼柏舟　汎彼兩髦

把一個形容詞不直接冠於名詞之上，而加在代名詞第三人稱的「彼」字之上，在後世之文中，是不常見這種類例的。而楚辭中以副詞形容詞加在代名詞第一人稱的「余」「吾」等字之上，如云「汩余若將不及兮，」「溘吾遊此春宮兮，」大概是胚胎於此吧？又如：

魴魚赬尾　王室如燬　雖則如燬　父母孔邇　周南、汝墳

芄蘭之支　童子佩觿　雖則佩觿　能不我知　衞風、芄蘭

出其東門　有女如雲　雖則如雲　匪我思存　鄭風、出其東門

跂彼織女　終日七襄　雖則七襄　不成報章　小雅、大東

以「雖則」二字爲承上句而轉下句的轉接詞，這雖然在先秦的古文中間或有之，但是在漢魏以

後的五言詩及七言詩中殆不可得見了。其他還有在三百篇以外不使用的用字法，例如以「言」字作「吾」解又作「爰」字解，這是時代之推移今昔之變遷自然使然者，實不遑枚舉了。

七　三百篇之構成法

凡構成詩文，不可不先理解用字造句之方法。有了字法，然後有句法；有了句法，然後有章法；有了章法，然後有篇法。這是一種必然的順序，自三百篇起以至楚辭文選等，都是這樣。如像句法之多爲四字句、五字句、六字句、七字句似的，章法是以四句或六句或八句而成一章者爲多；以五句、十句、七句、三句爲一章者，間或也有的；茲將三百篇之句法示之如下：

第一表

篇名	四句	六句	八句	三句	合計
關雎三章	一	—	二	—	三
葛覃三章	—	三	—	—	三
卷耳四章	四	—	—	—	四
樛木三章	三	—	—	—	三

篇名	四句	六句	三句	五句	七句	合計
周南						
螽斯三章	三	|	|	|		三
桃夭三章	三	|	|	|		三
兔罝三章	三	|	|	|		三
芣苢三章	三	|	|	|		三
漢廣三章	|	|	三	|		三
汝墳三章	三	|	|	|		三
麟之趾三章	|	|	|	三		三
右十一篇	二三	三	五	三		三四
召南						
鵲巢三章	三	|	|	|	|	三
采蘩三章	三	|	|	|	|	三
草蟲三章	|	|	|	|	三	三
采蘋三章	三	|	|	|	|	三
甘棠三章	|	|	三	|	|	三
行露三章	|	二	一	|	|	三
羔羊三章	三	|	|	|	|	三

南

篇名	四句	六句	八句	七句		合計
殷其靁三章	—	三	—	—	—	三
摽有梅三章	三	—	—	—	—	三
小星二章	—	—	—	二	—	二
江有汜三章	—	—	—	三	—	三
野有死麕三章	二	—	一	—	—	三
何彼襛矣三章	三	—	—	—	—	三
騶虞二章	—	—	二	—	—	二
右十四篇	二〇	五	七	五	三	四〇
柏舟五章	—	五	—	—		五
綠衣四章	四	—	—	—		四
燕燕四章	—	四	—	—		四
日月四章	—	四	—	—		四
終風四章	四	—	—	—		四
擊鼓五章	五	—	—	—		五
凱風四章	四	—	—	—		四

邶風

篇名	四句	六句	八句	七句	合計
雄雉四章	四	｜	｜	｜	四
匏有苦葉四章	四	｜	｜	｜	四
谷風六章	｜	｜	六	｜	六
式微二章	二	｜	｜	｜	二
旄丘四章	四	｜	｜	｜	四
簡兮三章	｜	三	｜	｜	三
泉水四章	｜	四	｜	｜	四
北門三章	｜	｜	｜	三	三
北風三章	｜	三	｜	｜	三
靜女三章	三	｜	｜	｜	三
新臺三章	三	｜	｜	｜	三
二子乘舟二章	二	｜	｜	｜	二
右十九篇	三九	二三	六	三	七一

篇名	四句	六句	八句	七句	九句	合計
柏舟二章	｜	｜	｜	二	｜	二
牆有茨三章	｜	三	｜	｜	｜	三

	篇名	四句	六句	十句	七句	九句	合計
鄘風	君子偕老三章	｜	｜	一	一	一	三
	桑中三章	｜	｜	｜	三	｜	三
	鶉之奔奔二章	二	｜	｜	｜	｜	二
	定之方中三章	｜	｜	｜	三	｜	三
	蝃蝀三章	三	｜	｜	｜	｜	三
	相鼠三章	三	｜	｜	｜	｜	三
	干旄三章	｜	三	｜	｜	｜	三
	載馳五章	二	二	一	｜	｜	五
	右十篇	一〇	八	二	九	一	三〇
衛風	淇奥三章	｜	｜	｜	｜	三	三
	考槃三章	三	｜	｜	｜	｜	三
	碩人四章	｜	｜	｜	四	｜	四
	氓六章	｜	｜	六	｜	｜	六
	竹竿四章	四	｜	｜	｜	｜	四
	芄蘭二章	｜	二	｜	｜	｜	二

篇名	四句	六句	八句	十句	三句	七句	合計
河廣二章		二	｜	｜	｜	｜	二
伯兮四章		四	｜	｜	｜	｜	四
有狐三章		三	｜	｜	｜	｜	三
木瓜三章		三	｜	｜	｜	｜	三
右十篇		一九	二	六	四	三	三四

王風

篇名	四句	六句	八句	十句	三句	七句	合計
黍離三章	｜	｜	｜	三	｜	｜	三
君子于役二章	｜	｜	二	｜	｜	｜	二
君子陽陽二章	二	｜	｜	｜	｜	｜	二
揚之水三章	｜	三	｜	｜	｜	｜	三
中谷有蓷三章	｜	三	｜	｜	｜	｜	三
兔爰三章	｜	｜	｜	｜	｜	三	三
葛藟三章	｜	三	｜	｜	｜	｜	三
采葛三章	｜	｜	｜	｜	三	｜	三
大車三章	三	｜	｜	｜	｜	｜	三
丘中有麻三章	三	｜	｜	｜	｜	｜	三

篇名	四句	六句	八句	十句	三句	五句	十二句	合計
右十篇	八	九	二	三	三	三	三	二八
鄭風								
緇衣三章	三	｜	｜	｜	｜	｜	｜	三
將仲子三章	｜	｜	三	｜	｜	｜	｜	三
叔于田三章	｜	｜	｜	｜	｜	三	｜	三
大叔于田三章	｜	｜	｜	三	｜	｜	｜	三
清人三章	三	｜	｜	｜	｜	｜	｜	三
羔裘三章	三	｜	｜	｜	｜	｜	｜	三
遵大路二章	二	｜	｜	｜	｜	｜	｜	二
女曰鷄鳴三章	｜	三	｜	｜	｜	｜	｜	三
有女同車二章	｜	二	｜	｜	｜	｜	｜	二
山有扶蘇二章	二	｜	｜	｜	｜	｜	｜	二
蘀兮二章	二	｜	｜	｜	｜	｜	｜	二
狡童二章	二	｜	｜	｜	｜	｜	｜	二
褰裳二章	｜	｜	｜	｜	｜	二	｜	二
丰四章	二	｜	｜	｜	二	｜	｜	四

篇名							
東門之墠二章	二	—	—	—	—	—	二
風雨三章	三	—	—	—	—	—	三
子衿三章	三	—	—	—	—	—	三
揚之水二章	—	二	—	—	—	—	二
出其東門二章	—	二	—	—	—	—	二
野有蔓草二章	—	二	—	—	—	—	二
溱洧二章	—	—	—	—	—	二	二
右二十一篇	二七	一一	三	三	二	五	二 五三

齊風

篇名	四句	六句	三句	五句	二句	合計
鷄鳴三章	三	—	—	—	—	三
還三章	三	—	—	—	—	三
著三章	—	—	三	—	—	三
東方之日二章	—	—	—	二	—	二
東方未明三章	三	—	—	—	—	三
南山四章	—	四	—	—	—	四
甫田三章	三	—	—	—	—	三

盧令三章	｜	｜	｜	｜	三	三
敝笱三章	三	｜	｜	｜	｜	三
載驅四章	四	｜	｜	｜	｜	四
猗嗟三章	｜	三	｜	｜	｜	三
右十一篇	一九	七	三	二	三	三四

魏風

篇名	六句	八句	十句	三句	五句	九句	合計
葛屨二章	一	｜	｜	｜	一	｜	二
汾沮洳三章	三	｜	｜	｜	｜	｜	三
園有桃三章	｜	｜	二	｜	｜	｜	二
陟岵三章	三	｜	｜	｜	｜	｜	三
十畝之間二章	｜	｜	｜	二	｜	｜	二
伐檀三章	｜	｜	｜	｜	｜	三	三
碩鼠三章	｜	三	｜	｜	｜	｜	三
右七篇	七	三	二	二	一	三	一八

篇名	四句	六句	八句	三句	七句	九句	合計
蟋蟀三章	｜	｜	三	｜	｜	｜	三

唐風

篇名	四句	六句	八句	十句	五句	十二句	合計
山有樞三章	—	—	三	—	—	—	三
揚之水三章	一	二	—	—	—	—	三
椒聊二章	—	二	—	—	—	—	二
綢繆三章	—	三	—	—	—	—	三
杕杜二章	—	—	—	—	—	二	二
羔裘二章	二	—	—	—	—	—	二
鴇羽三章	—	—	—	—	三	—	三
無衣二章	—	—	—	二	—	—	二
有杕之杜二章	—	二	—	—	—	—	二
葛生五章	五	—	—	—	—	—	五
采苓三章	—	—	三	—	—	—	三
右十二篇	八	九	九	二	三	二	三三

篇名	四句	六句	八句	十句	五句	十二句	合計
車鄰三章	一	二	—	—	—	—	三
駟驖三章	三	—	—	—	—	—	三
小戎三章	—	—	—	三	—	—	三

	篇名							
秦風	蒹葭三章	｜	｜	三	｜	｜	｜	三
	終南二章	｜	二	｜	｜	｜	｜	二
	黃鳥三章	｜	｜	｜	｜	｜	三	三
	晨風三章	｜	三	｜	｜	｜	｜	三
	無衣三章	｜	｜	｜	｜	三	｜	三
	渭陽二章	二	｜	｜	｜	｜	｜	二
	權輿二章	｜	｜	｜	｜	二	｜	二
	右十篇	六	七	三	三	五	三	二七

	篇名	四句	六句	合計
陳風	宛丘三章	三	｜	三
	東門之枌三章	三	｜	三
	衡門三章	三	｜	三
	東門之池三章	三	｜	三
	東門之楊二章	二	｜	二
	墓門二章	｜	二	二
	防有鵲巢二章	二	｜	二

篇名	四句	三句	合計
月出三章	三	—	三
株林二章	二	—	二
澤陂三章	—	三	三
右十篇	二一	五	二六

檜風

篇名	四句	三句	合計
羔裘三章	三	—	三
素冠三章	—	三	三
隰有萇楚三章	三	—	三
匪風三章	三	—	三
右四篇	九	三	一二

曹風

篇名	四句	六句	合計
蜉蝣三章	三	—	三
候人四章	四	—	四
鳲鳩四章	—	四	四
下泉四章	四	—	四
右四篇	一一	四	一五

豳風

篇名	四句	六句	三句	五句	十一句	十二句	合計
七月八章	—	—	—	—	八	—	八
鴟鴞四章	—	—	—	四	—	—	四
東山四章	—	—	—	—	—	四	四
破斧三章	—	三	—	—	—	—	三
伐柯二章	二	—	—	—	—	—	二
九罭四章	一	—	三	—	—	—	四
狼跋二章	二	—	—	—	—	—	二
右七篇	五	三	三	四	八	四	二七

小雅

篇名	四句	六句	八句	五句	七句	二句	十二句	合計
鹿鳴三章	—	—	三	—	—	—	—	三
四牡五章	—	—	—	五	—	—	—	五
皇皇者華五章	五	—	—	—	—	—	—	五
常棣八章	八	—	—	—	—	—	—	八
伐木三章	—	—	—	—	—	—	三	三
天保六章	—	六	—	—	—	—	—	六

（鹿鳴之什）

篇名								合計
采薇六章	—	—	六	—	—	—	—	六
出車六章	—	—	六	—	—	—	—	六
杕杜四章	—	—	—	—	四	—	—	四
魚麗六章	三	—	—	—	—	三	—	六
右十篇	一六	六	一五	五	四	三	三	五二

小雅（南有嘉魚之什）

篇名	四句	六句	八句	十二句	合計
南有嘉魚四章	四	—	—	—	四
南山有臺五章	—	五	—	—	五
蓼蕭四章	—	四	—	—	四
湛露四章	四	—	—	—	四
彤弓三章	—	三	—	—	三
菁菁者莪四章	四	—	—	—	四
六月六章	—	—	六	—	六
采芑四章	—	—	—	四	四
車攻八章	八	—	—	—	八
吉日四章	—	四	—	—	四

篇名	四句	六句	八句	五句	七句	九句	合計
右十篇		二〇	一六	六	四		四六

小雅（鴻雁之什）

篇名	四句	六句	八句	五句	七句	九句	合計
鴻雁三章	｜	三	｜	｜	｜	｜	三
庭燎三章	｜	｜	｜	三	｜	｜	三
沔水三章	｜	一	二	｜	｜	｜	三
鶴鳴二章	｜	｜	｜	｜	｜	二	二
祈父三章	三	｜	｜	｜	｜	｜	三
白駒四章	｜	四	｜	｜	｜	｜	四
黃鳥三章	｜	｜	｜	｜	三	｜	三
我行其野三章	｜	三	｜	｜	｜	｜	三
斯干九章	｜	｜	｜	五	四	｜	九
無羊四章	｜	｜	四	｜	｜	｜	四
右十篇	三	一一	六	八	七	二	三七

篇名	四句	六句	八句	十句	五句	七句	合計
節南山十章	四	｜	六	｜	｜	｜	一〇
正月十三章	｜	五	八	｜	｜	｜	一三

小雅（節南山之什）

篇名							合計
十月之交八章	｜	｜	八	｜	｜	｜	八
雨無正七章	｜	三	二	二	｜	｜	七
小旻六章	｜	｜	三	｜	｜	三	六
小宛六章	｜	六	｜	｜	｜	｜	六
小弁八章	｜	｜	八	｜	｜	｜	八
巧言六章	｜	｜	六	｜	｜	｜	六
何人斯八章	｜	八	｜	｜	｜	｜	八
巷伯七章	四	一	一	｜	一	｜	七
右十篇	八	二三	四二	二	一	三	七九

小雅

篇名	四句	六句	十句	五句	十二句	合計
谷風三章	｜	三	｜	｜	｜	三
蓼莪六章	四	｜	二	｜	｜	六
大東七章	｜	｜	七	｜	｜	七
四月八章	八	｜	｜	｜	｜	八
北山六章	三	三	｜	｜	｜	六
無將大車三章	三	｜	｜	｜	｜	三

（谷風之什）

篇名						合計
小明五章	—	二	—	—	三	五
鼓鍾四章	—	—	—	四	—	四
楚茨六章	—	—	—	—	六	六
信南山六章	—	六	—	—	—	六
右十篇	一八	一四	九	四	九	五四

小雅（甫田之什）

篇名	四句	六句	八句	十句	九句	十二句	十四句	合計
甫田四章	—	—	—	四	—	—	—	四
大田四章	—	—	二	—	二	—	—	四
瞻彼洛矣三章	—	三	—	—	—	—	—	三
裳裳者華四章	—	四	—	—	—	—	—	四
桑扈四章	四	—	—	—	—	—	—	四
鴛鴦四章	四	—	—	—	—	—	—	四
頍弁三章	—	—	—	—	—	三	—	三
車舝五章	—	五	—	—	—	—	—	五
青蠅三章	三	—	—	—	—	—	—	三
賓之初筵五章	—	—	—	—	—	—	五	五

右十篇 一一 一二 二 四 二 三 五 三九

小雅（魚藻之什）

篇名	四句	六句	八句	合計
魚藻三章	三	｜	｜	三
采菽五章	｜	｜	五	五
角弓八章	八	｜	｜	八
菀柳三章	｜	三	｜	三
都人士五章	｜	五	｜	五
采綠四章	四	｜	｜	四
黍苗五章	五	｜	｜	五
隰桑四章	四	｜	｜	四
白華八章	八	｜	｜	八
緜蠻三章	｜	｜	三	三
瓠葉四章	四	｜	｜	四
漸漸之石四章	｜	三	｜	三
苕之華三章	三	｜	｜	三
何草不黃四章	四	｜	｜	四

右十四篇	四三		一一	八	六二

大雅（文王之什）

篇名	四句	六句	八句	五句	十二句	合計
文王七章	｜	｜	七	｜	｜	七
大明八章	｜	四	四	｜	｜	八
緜九章	｜	九	｜	｜	｜	九
棫樸五章	五	｜	｜	｜	｜	五
旱麓六章	六	｜	｜	｜	｜	六
思齊五章	三	二	｜	｜	｜	五
皇矣八章	｜	｜	｜	｜	八	八
靈臺五章	五	｜	｜	｜	｜	五
下武六章	六	｜	｜	｜	｜	六
文王有聲八章	｜	｜	｜	八	｜	八
右十篇	二五	一五	一一	八	八	六七

篇名	四句	六句	八句	十句	五句	合計
生民八章	｜	｜	四	四	｜	八
行葦七章	五	二	｜	｜	｜	七

大雅（生民之什）

篇名	六句	八句	十句	五句	七句	合計
既醉八章	八	｜	｜	｜	｜	八
鳧鷖五章	｜	五	｜	｜	｜	五
假樂四章	｜	四	｜	｜	｜	四
公劉六章	｜	｜	｜	六	｜	六
泂酌三章	｜	｜	｜	｜	三	三
卷阿十章	｜	四	｜	｜	六	一〇
民勞五章	｜	｜	｜	五	｜	五
板八章	｜	｜	八	｜	｜	八
右十篇	一三	一五	一二	一五	九	六四

大

篇名	六句	八句	十句	五句	七句	十二句	合計
蕩八章	｜	八	｜	｜	｜	｜	八
抑十二章	｜	三	九	｜	｜	｜	一二
桑柔十六章	八	八	｜	｜	｜	｜	一六
雲漢八章	｜	｜	八	｜	｜	｜	八
崧高八章	｜	八	｜	｜	｜	｜	八
烝民八章	｜	八	｜	｜	｜	｜	八

雅（蕩之什）

篇名							合計
韓奕六章	｜	｜	｜	｜	｜	六	六
江漢六章	｜	六	｜	｜	｜	｜	六
常武六章	｜	六	｜	｜	｜	｜	六
瞻卬七章	｜	四	三	｜	｜	｜	七
召旻七章	｜	｜	｜	四	三	｜	七
右十一篇	八	五一	二〇	四	三	六	九一

周頌（清廟之什）

篇名	八句	十句	五句	七句	十三句	十四句	十五句	合計
清廟一章	一	｜	｜	｜	｜	｜	｜	一
維天之命一章	一	｜	｜	｜	｜	｜	｜	一
維清一章	｜	｜	一	｜	｜	｜	｜	一
烈文一章	｜	｜	｜	｜	一	｜	｜	一
天作一章	｜	｜	｜	一	｜	｜	｜	一
昊天有成命一章	｜	｜	｜	一	｜	｜	｜	一
我將一章	｜	一	｜	｜	｜	｜	｜	一
時邁一章	｜	｜	｜	｜	｜	｜	一	一
執競一章	｜	｜	｜	｜	｜	一	｜	一

篇名								合計
思文一章	一	丨	丨	丨	丨	丨	丨	一
右十篇	三	一	一	二	一	一	一	一〇

周頌（臣工之什）

篇名	六句	八句	七句	十二句	十三句	十四句	十五句	十六句	合計
臣工一章	丨	丨	丨	丨	丨	丨	一	丨	一
噫嘻一章	丨	一	丨	丨	丨	丨	丨	丨	一
振鷺一章	丨	一	丨	丨	丨	丨	丨	丨	一
豐年一章	丨	丨	一	丨	丨	丨	丨	丨	一
有瞽一章	丨	丨	丨	丨	一	丨	丨	丨	一
潛一章	一	丨	丨	丨	丨	丨	丨	丨	一
雝一章	丨	丨	丨	丨	丨	丨	丨	一	一
載見一章	丨	丨	丨	丨	丨	一	丨	丨	一
有客一章	丨	丨	丨	一	丨	丨	丨	丨	一
武一章	丨	丨	一	丨	丨	丨	丨	丨	一
右十篇	一	二	二	一	一	一	一	一	一〇

篇名	六句	八句	七句	十一句	十二句	卅一句	廿三句	九句	合計
閔予小子一章	丨	丨	丨	一	丨	丨	丨	丨	一

周頌（閔予小子之什）

篇名	訪落一章	敬之一章	小毖一章	載芟一章	良耜一章	絲衣一章	酌一章	桓一章	賚一章	般一章	右十一篇
八句	｜	｜	｜	｜	｜	｜	｜	｜	一	｜	一
十句	｜	｜	一	｜	｜	｜	｜	｜	｜	｜	一
	｜	｜	｜	｜	｜	｜	｜	｜	｜	一	一
九句	｜	｜	｜	｜	｜	｜	｜	｜	｜	｜	一
十二句	一	一	｜	｜	｜	｜	｜	｜	｜	｜	二
	｜	｜	｜	一	｜	｜	｜	｜	｜	｜	一
十七句	｜	｜	｜	｜	一	｜	｜	｜	｜	｜	一
卅八句	｜	｜	｜	｜	｜	一	一	一	｜	｜	三
合計	一	一	一	一	一	一	一	一	一	一	一一

魯頌（駉）

篇名	駉四章	有駜三章	泮水八章	閟宮八章
八句	四	｜	八	二
十句	｜	｜	｜	二
九句	｜	三	｜	｜
十二句	｜	｜	｜	一
十七句	｜	｜	｜	二
卅八句	｜	｜	｜	一
合計	四	三	八	八

篇名	右四篇	那一章	烈祖一章	玄鳥一章	長發七章	殷武六章	右五篇
		商頌(那)					
六句	一四	｜	｜	｜	一	三	四
八句	二	｜	｜	｜	一	｜	一
五句	三	｜	｜	｜	｜	一	一
七句	一	｜	｜	｜	四	二	六
廿二句	二	一	一	一	｜	｜	三
九句	一	｜	｜	｜	一	｜	一
合計	二三	一	一	一	七	六	一六

第二表　上

	篇數	章數	一章四句	一章六句	一章八句
周南	一一	三四	二三	三	五
召南	一四	四〇	二〇	五	｜
邶	一九	七一	二九	二三	六
鄘	一〇	三〇	一〇	八	二
衛	一〇	三四	一九	二	｜
王	一〇	二八	八	九	二
鄭	二一	五三	二七	一一	三
齊	一一	三四	一九	七	｜
魏	七	一八	｜	七	三
唐	一二	三三	八	九	九
秦	一〇	二七	六	七	三
陳	一〇	二六	二一	五	｜
檜	四	一二	九	｜	｜
曹	四	一五	一一	四	｜
豳	七	二七	五	三	｜
合計	一六〇	四八二	二三五	一〇三	三三

一章十句	｜	｜	｜	｜	六	三	三	｜	二	｜	三	｜	｜	｜	｜	一七
一章三句	三	七	｜	｜	｜	三	二	三	二	二	｜	｜	三	｜	三	二八
一章五句	｜	五	｜	｜	｜	｜	五	二	一	｜	五	｜	｜	｜	四	二二
一章七句	｜	三	三	九	四	三	｜	｜	｜	三	二	｜	｜	｜	｜	九
一章九句	｜	｜	｜	一	三	｜	｜	｜	三	二	｜	｜	｜	｜	｜	九
一章十二句	｜	｜	｜	｜	｜	｜	二	｜	｜	｜	三	｜	｜	｜	四	九
一章二句	｜	｜	｜	｜	｜	｜	｜	三	｜	｜	｜	｜	｜	｜	｜	三
一章十一句	｜	｜	｜	｜	｜	｜	｜	｜	｜	｜	｜	｜	｜	｜	八	八

第二表　下

		篇數	章數
小雅	鹿鳴之什	一〇	五三
	南有嘉魚之什	一〇	四六
	鴻雁之什	一〇	三七
	節南山之什	一〇	七九
	谷風之什	一〇	五四
	甫田之什	一〇	三九
	魚藻之什	一四	六三
大雅	文王之什	一〇	六七
	生民之什	一〇	六四
	蕩之什	一一	九二
周頌	清廟之什	一〇	一〇
	臣工之什	一〇	一〇
	閔予小子之什	一一	一一
魯頌		四	二二
商頌		五	一六
合計		一四五	六六二

一章四句	一六	一〇	三	八	一八	二	四三	一五	一三	|	|	|	|	|	|	一五七
一章六句	六	一六	二	一三	一四	三	二	一五	一五	八	|	一	一	|	四	一三七
一章八句	一五	六	六	四三	|	二	八	二	三	五二	三	二	一	一四	一	一十四
一章十句	|	|	|	二	九	四	|	|	一五	一〇	一	|	|	二	|	三三
一章三句	|	|	|	|	|	|	|	|	|	|	|	|	|	|	|	|
一章五句	五	|	八	一	四	|	|	八	九	四	一	|	|	|	一	四一
一章七句	四	|	七	三	|	|	|	|	|	三	二	二	一	|	六	一六
一章二句	三	|	|	|	|	|	|	|	|	|	|	|	|	|	|	三
一章十二句	三	四	|	|	九	三	|	八	|	六	|	一	二	一	|	三七
一章九句	|	|	二	|	|	二	|	|	|	|	|	|	三	三	一	二
一章十四句	|	|	|	|	|	五	|	|	|	|	一	一	|	|	|	七
一章十三句	|	|	|	|	|	|	|	|	|	|	一	一	|	|	|	二
一章十五句	|	|	|	|	|	|	|	|	|	|	一	一	|	|	|	二
一章十六句	|	|	|	|	|	|	|	|	|	|	|	一	|	|	|	一
一章十一句	|	|	|	|	|	|	|	|	|	|	|	|	一	|	|	一
一章卅一句	|	|	|	|	|	|	|	|	|	|	|	|	一	|	|	一

一章廿三句	—	—	—	—	—	—	—	—	—	—	—	—	一	—	—	一
一章十七句	—	—	—	—	—	—	—	—	—	—	—	—	—	二	—	二
一章卅八句	—	—	—	—	—	—	—	—	—	—	—	—	—	一	—	一
一章廿二句	—	—	—	—	—	—	—	—	—	—	—	—	—	—	三	三

要之，現在所傳的毛詩，篇數凡三百五篇，章數凡一千一百四十四章。就中章之句數最少者要算齊風盧令的三章及小雅魚麗的三章了，它們每章僅只有二句。章之句數最多者，則爲周頌載芟一章三十一句及魯頌閟宮一章三十八句。其他一章四句以下，及自六句八句至三十八句者，比較其多少，則如下所示：

1　一章四句之詩　三百八十二章

2　一章六句之詩　二百四十章

3　一章八句之詩　二百十四章

4　一章五句之詩　六十三章

5　一章十句之詩　五十九章

6 一章七句之詩　五十七章
7 一章十二句之詩　四十六章
8 一章三句之詩　二十八章
9 一章九句之詩　二十章
10 一章十一句之詩　九章
11 一章十四句之詩　七章
12 一章二句之詩　六章
13 一章二十二句之詩　三章
14 一章十三句之詩　二章
15 一章十五句之詩　二章
16 一章十六句之詩　一章
17 一章十七句之詩　一章

18　一章二十三句之詩　一章

19　一章三十一句之詩　一章

20　一章三十八句之詩　一章

考察數目的多少，則可知三百篇之章法以四句爲基本；如那六句及八句的多數，也不過是四句的半加，或四句的倍加而已。

八　三百篇之押韻法

三百篇之章法有長短，每章中字句的多少並不一定，這在前節已經說過了。就中一章四句之詩最多，六句之詩次之，八句之詩又次之，五句、十句、七句、十二句之詩順次次之。至於它的押韻法，又各異其形式：例如在四句詩的押韻法中有（1）如五言絕句之用隔句押韻法者（2）如七言絕句之用三韻法者（3）每句押韻法（4）交互押韻法等等的不同。又如在六句詩的押韻法中有（1）四韻法（2）五韻法（3）每句押韻法（4）隔句押韻法（5）每三句押韻法（6）交互押韻法等等的分別。又如在八句詩的押韻法中，有（1）隔句押韻法（2）六韻法（3）五韻法（4）交互押韻法

（5）每句押韻法等等的分別。李東陽麓堂詩話云，「詩在六經中別是一教，蓋六藝中之樂也；」這是把三百篇看做藝術的東西，而於格律以外又把音韻做為詩之要件的。

（甲） 四句詩

（1） 隔句押韻法（五絕韻法）

一	○○○○	○○○◎	○○○○	○○○◎	
	采采卷耳	不盈頃筐。	嗟我懷人	置彼周行。	周南、卷耳
	桃之夭夭	灼灼其華。	之子于歸	宜其室家。	同、桃夭
	肅肅兔罝	椓之丁丁。	赳赳武夫	公侯干城。	同、兔罝
	遵彼汝墳	伐其條枚。	未見君子	惄如調飢。	同、汝墳
	于以采蘩	于沼于沚•	于以用之	公侯之事•	召南、采蘩
	何彼襛矣	華如桃李•	平王之孫	齊侯之子•	同、何彼襛矣
	雄雉于飛	泄泄其羽•	我之懷矣	自詒伊阻•	邶、雄雉
	瑣兮尾兮	流離之子•	叔兮伯兮	褎如充耳•	同、旄丘
	誰謂河廣	曾不容刀。	誰謂宋遠	曾不崇朝。	衞、河廣

其雨其雨　杲杲出日●　願言思伯　甘心首疾●　同、伯兮

蝃蝀在東　莫之敢指●　女子有行　遠父母兄弟●　鄘、蝃蝀

小雅、皇皇者華（一）　同、常棣（一、三、五、六、七）　同、菁菁者莪

小雅、蓼莪（一、二）　同、四月（一、二、三、四、五、六）　大雅、旣醉（一、二、六、七）

二　○○○○　○○◎○　○○○○　○○◎○

南有樛木　葛藟纍之。　樂只君子　福履綏之。　周南、樛木

維鵲有巢　維鳩方之。　之子于歸　百兩將之。　召南、鵲巢

誰謂河廣　一葦杭之。　誰謂宋遠　跂予望之。　衞、河廣

此外雖也有像下面這樣用長短不定的句法的，這也是隔句押韻法的變體：

螽斯羽　詵詵兮。　宜爾子孫　振振兮。　周南、螽斯

（2）三韻法（七絕韻法）

五　○○○◎　○○○◎　○○○○　○○○◎

關關雎鳩。　在河之洲。　窈窕淑女　君子好逑。　周南、關雎

羔羊之皮。　素絲五紽。　退食自公　委蛇委蛇。　召南、羔羊

終風且霾。　惠然肯來。　莫往莫來　悠悠我思。　邶、終風

擊鼓其鏜。　踊躍用兵。　土國城漕　我獨南行。　同、擊鼓

雝雝鳴雁。　旭日始旦。　士如歸妻　迨冰未泮。　同、匏有苦葉

狐裘蒙戎。　匪車不東。　叔兮伯兮　靡所與同。　邶、旄丘

靜女其姝。　俟我於城隅。　愛而不見　搔首踟躕。　邶、靜女

自伯之東。　首如飛蓬。　豈無膏沐　誰適爲容。　衞、伯兮

大車檻檻。　毳衣如菼。　豈不爾思　畏子不敢。　王、大車

小雅、皇皇者華（三、四、五）　同、菁菁者莪（一、四）　同、四月（七、八）

大雅、既醉（四）

（3）　每句押韻法（一韻到底轉韻）

四　○○○◎　○○○◎　○○○◎　○○○◎　（一韻）

終風且暴。　顧我則笑。　謔浪笑敖。　中心是悼。　邶、終風

招招舟子。　人涉卬否。　人涉卬否。　卬須我友。　同、匏有苦葉

考槃在陸。　碩人之軸。　獨寐寤宿。　永矢弗告。　衞、考槃

淇水悠悠。　檜楫松舟。　駕言出遊。　以寫我憂。　衞、竹竿
丘中有麻。　彼留子嗟。　彼留子嗟。　將其來施施。　王、丘中有麻
清人在彭。　駟介旁旁。　二矛重英。　河上乎翱翔。　王、清人
陟彼崔嵬。　我馬虺隤。　我姑酌彼金罍。　維以不永懷。　周南、卷耳
齊、鷄鳴　小雅、皇皇者華（二）　同、黍苗（五）　同、何草不黃（一）
小雅、車攻（一、二、三、七）　大雅、棫樸（五）　陳、月出　同、株林（一）

五

〇〇〇◎　〇〇〇◎　〇〇〇◎　〇〇〇◎　（轉韻）
于以采蘋。　南澗之濱。」　于以采藻。　于彼行潦。　召南、采蘋
林有樸樕•　野有死鹿」　白茅純束•　有女如玉•　同、野有死麕
死生契闊•　與子成說•」　執子之手•　與子偕老•　邶、擊鼓
凱風自南。　吹彼棘心。」　棘心夭夭。　母氏劬勞。　同、凱風
靜女其孌•　貽我彤管•」　彤管有煒•　說懌女美•　同、靜女
考槃在澗•　碩人之寬•」　獨寐寤言。　永矢弗諼。　衞、考槃
伯兮朅兮•　邦之桀兮•」　伯也執殳。　爲王前驅。　同、伯兮

匏有苦葉●　濟有深涉●　深則厲●　淺則揭●　邶、匏有苦葉

式微式微○　胡不歸」　微君之故●　胡爲乎中露●　邶、式微

投我以木瓜○　報之以瓊琚○」　匪報也●　永以爲好也●　衛、木瓜

緇衣之宜兮○　敝予又改爲兮○」　適子之館兮●　還予授子之粲兮●　鄭、緇衣

小雅、常棣（二）　同隰桑（四）　同北山（四、五、六）　同巷伯（二、五）

陳、株林（二）　大雅、既醉（三、五）

（4）交互押韻法

六

○○○◎　○○○◎　○○○◎　○○○◎

采采芣苢◎　薄言采◎之　采采芣苢◎　薄言有◎之　周南、芣苢

野有死麕◎　白茅包◎之　有女懷春◎　吉士誘◎之　召南、野有死麕

何彼襛◎矣　唐棣之華◎　曷不肅雝◎　王姬之車◎　同何彼襛矣

魚在在藻◎　有頒其首◎　王在在鎬◎　豈樂飲酒◎　小雅、魚藻

（乙）六句詩

（1）四韻法

一　○○○◎　○○○◎　○○○○　○○○◎　○○○○　○○○◎　（一韻轉韻）
汎彼柏舟。　亦汎其流。　耿耿不寐　如有隱憂。　微我無酒　以敖以遊。　邶、柏舟
憂心悄悄•　慍於羣小•　覯閔既多　受侮不少•　靜言思之　寤辟有摽•　邶、柏舟
有女同車。　顏如舜華。　將翺將翔　佩玉瓊琚。　彼美孟姜　洵美且都。　鄭、有女同車
弋言加之。　與子宜之」　宜言飲酒　與子偕老•　琴瑟在御　莫不靜好•　鄭、女曰鷄鳴
出宿于泲•　飲餞于禰•　女子有行　遠父母兄弟•　問我諸姑　遂及伯姊•　邶、泉水
阪有漆•　隰有栗•　既見君子　並坐鼓瑟•　今者不樂　逝者其耋•　秦、車鄰
唐、綢繆　小雅、天保（六）　小雅、雨無正（六）

二　○○○○　○○○◎　○○○○　○○○◎　○○○◎　○○○◎　（轉韻一韻）
言告師氏　言告師歸。　薄汙我私　薄澣我衣。」　害澣害否•　歸寧父母•　周南、葛覃
我心匪鑒　不可以茹•　亦有兄弟　不可以據•　薄言往愬•　逢彼之怒•　邶、柏舟
簡兮簡兮　方將萬舞•　日之方中　在前上處•　碩人俁俁•　公庭萬舞•　邶、簡兮
毖彼泉水　亦流於淇。　有懷于衛　靡日不思。　孌彼諸姬。　聊與之謀。　邶、泉水
牆有茨　不可掃。也　中冓之言　不可道。也　所可道。也　言之醜。也　鄘、牆有茨

揚之水　不流束薪。　彼其之子　不與我戍申」　懷哉懷哉。　曷月予還歸哉。　王揚之水

邶燕燕（二）　王中谷有蓷　王葛藟　魏葛屨唐椒聊　唐有杕之杜　秦終南（二）　邶北風（二）

陳墓門　曹鳲鳩　小雅天保（二）　同我行其野（二、三）　同小明（四、五）

三

○○○○　○○○◎　○○○◎　○○○◎　○○○○　○○○◎

揚之水　白石鑿鑿•　素衣朱襮•　從子于沃•　既見君子　云何不樂•　唐揚之水

（2）五韻法

四

○○○◎　○○○◎　○○○○　○○○◎　○○○◎　○○○◎

出宿于干。　飲餞于言。　載脂載舝　還車言邁•　遄臻于衞•　不瑕有害•　邶泉水

山有苴棣•　隰有樹檖•　未見君子　憂心如醉」　如何如何。　忘我實多。　秦晨風

南山崔崔。　雄狐綏綏。　魯道有蕩　齊子由歸。　既曰歸止。　曷又懷止。　齊南山

誰謂雀無角•　何以穿我屋•　誰謂女無家　何以速我獄•　雖速我獄•　室家不足•　召南行露

山有榛。　隰有苓。　云誰之思　西方美人。　彼美人。兮　西方之人。兮　邶簡兮

邶北風　鄭出其東門　魏汾沮洳

五

○○○◎　○○○◎　○○○◎　○○○◎　○○○○　○○○◎　（轉韻一韻）

子子干旄。　在浚之郊。」　素絲紕•之　良馬四•之　彼姝者子　何以畀•之　鄘、干旄

載馳載驅。　歸唁衛侯。　驅馬悠悠。　言至于漕。　大夫跋涉　我心則憂。　鄘、載馳

有力如虎•　執轡如組•」　左手執籥•　右手秉翟•　赫如渥赭　公言錫爵•　邶、簡兮

陟彼岵•兮　瞻望父•兮　父曰嗟予子•　行役夙夜無已•　上愼旃哉　猶來無止•　魏、陟岵

六　○○○○　○○○◎　○○○◎　○○○◎　○○○◎　○○○◎　（一韻轉韻）

葛之覃兮　施於中谷•　維葉莫莫•　是刈是濩•　爲絺爲綌•　服之無斁•　周南、葛覃

皎皎白駒　在彼空谷•　生芻一束•　其人如玉•」　毋金玉爾音•　而有遐心•　小雅、白駒

（3）每句押韻法

七　○○○◎　○○○◎　○○○◎　○○○◎　○○○◎　○○○◎　（一韻轉韻）

有女同行。　顏如舜英。　將翶將翔。　佩玉將將。　彼美孟姜。　德音不忘。　鄭、有女同車

芄蘭之支。　童子佩觿。　雖則佩觿。　能不我知。」　容兮遂•兮　垂帶悸•兮　衛、芄蘭

猗嗟昌。兮　頎而長。兮　抑若揚。兮　美目揚。兮　巧趨蹌。兮　射則臧。兮　齊、猗嗟

知子之來。之　雜佩以贈。之　知子之順•之　雜佩以問•之」　知子之好•之　雜佩以報•之　鄭、女曰鷄鳴

出其東門。　有女如雲。　雖則如雲。　匪我思存。　縞衣綦巾。　聊樂我員。　鄭、出其東門

小雅吉日（一）　同北山（二）　同信南山（二、三、四、五）　商頌殷武（五）

大雅卷阿（九）

（4）隔句押韻法

八　○○○○　○○○◎　○○○○　○○○◎　○○○○　○○○◎

燕燕于飛　差池其羽·　之子于歸　遠送于野·　瞻望弗及　泣涕如雨·　邶燕燕

日居月諸　照臨下土·　乃如之人　逝不古處·　胡能有定　寧不我顧·　邶日月

陟彼阿丘　言采其蝱。　女子善懷　亦各有行。　許人尤之　衆稺且狂。　鄘載馳

野有蔓草　零露漙兮·　有美一人　清揚婉兮·　邂逅相遇　適我願兮·　鄭野有蔓草

鄭揚之水　齊猗嗟（三）　秦終南　陳澤陂　豳破斧　邶柏舟（三）　小雅天保（一、三、五）

同鴻雁　同白駒（一、二）　同我行其野（一）　大雅桑柔（九、十、十一、十二、十四）

（5）每三句押韻法

九　○○○○　○○○○　○○○◎　○○○○　○○○○　○○○◎

葛之覃兮　施于中谷　維葉萋萋。　黃鳥于飛　集于灌木　其鳴喈喈。　周南葛覃

（6）交互押韻法

一〇　○○○○◎　○○○○◉　○○○○◎　○○○○◉　○○○◎　○○○◉

誰謂鼠無牙◉　何以穿我墉◉　誰謂女無家◉　何以速我訟◉　雖速我訟◉　亦不女從◉　召南、行露

瞻彼中林◎　甡甡其鹿◉　朋友已譖◉　不胥以穀◉　人亦有言◎　進退維谷◉　大雅、桑柔

皎皎白駒◎　賁然來思◉　爾公爾侯◎　逸豫無期◉　慎爾優遊◉　勉爾遁思◉　小雅、白駒

（丙）　八句詩

（1）　隔句押韻法（五絕韻法之二層）

一一　○○○○　○○○◎　○○○○　○○○◎　○○○○　○○○◎　○○○○　○○○◎

習習谷風　以陰以雨•　黽勉同心　不宜有怒•　采葑采菲　無以下體•　德音莫違　及爾同死•　邶、北風

蟋蟀在堂　歲聿其莫•　今我不樂　日月其除•　無已大康　職思其居•　好樂無荒　良士瞿瞿•　唐、蟋蟀

瑳兮瑳兮　其之展也。　蒙彼縐絺　是紲袢也。　子之清揚　揚且之顏也。　展如之人兮　邦之媛也。　鄘、君子偕老

（2）　六韻法（七絕韻法之二層）

二　○○○◎　○○○◎　○○○○　○○○◎　○○○◎　○○○◎　○○○○　○○○◎

采苓采苓。　首陽之巔。　人之爲言　苟亦無信。　舍旃舍旃。　苟亦無然。　人之爲言　胡得焉。（唐、采苓）

（3）五韻法

三　○○○◎　○○○◎　○○○○　○○○◎　○○○○　○○○◎　○○○○　○○○◎

蒹葭蒼蒼。　白露爲霜。　所謂伊人　在水一方。　遡洄從之　道阻且長。　遡游從之　宛在水中央。（秦、蒹葭）

山有樞。　隰有榆。　子有衣裳　弗曳弗婁。　子有車馬　弗馳弗驅。　宛其死矣　他人是愉。（唐、山有樞）

四　○○○○　○○○◎　○○○○　○○○◎」　○○○◎　○○○◎　○○○○　○○○◎

（前解五絕、後解七絕之韻法）

參差荇菜　左右流之。　窈窕淑女　寤寐求之」。　求之不得•　寤寐思服•　悠哉悠哉　輾轉反側•

南有喬木　不可休息。　漢有游女　不可求思」。　漢之廣矣•　不可泳思•　江之永矣　不可方思•（周南、關雎）

（周南、漢廣）

五　○○○○　○○○◎　○○○○　○○○◎　○○○○　○○○◎　○○○◎　○○○◎

（轉韻、一韻）

我行其野　芃芃其麥•　控於大邦　誰因誰極」•　大夫君子　無我有尤。　百爾所思。　不如我所之。

（鄘、載馳）

碩鼠碩鼠　無食我黍•　三歲貫女　莫我肯顧•　逝將去女　適彼樂土•　樂土樂土•　爰得我所•

（魏、碩鼠）

六　○○○○　○○○◎　○○○◎　○○○○　○○○◎　○○○◎　○○○○　○○○◎

將仲子兮　無踰我里•　無折我樹杞•　豈敢愛之　畏我父母•　仲可懷•也　父母之言　亦可畏•也

（鄭、將仲子）

（4）交互押韻法

七　○○○◉　○○○◎　○○○◉　○○○◎　○○○◉　○○○◎　○○○◉　○○○◎

采薇采薇。　薇亦作•止　曰歸曰歸。　歲亦莫•止　靡室靡家。　玁狁之故•　不遑啓居。　玁狁之故•

（小雅、采薇）

四牡騤騤◎　旟旐有翩◎　亂生不夷◎　靡國不泯◎　民靡有黎◎　具禍以燼◎　於乎有哀◎　國步斯頻◎

大雅、桑柔（二）

大雅、桑柔（一、三、四、五）　小雅、十月之交（四）　大雅、瞻卬（二）

（5）每句押韻法

八　○○○◎　○○○◎　○○○◎　○○○◎　○○○◎　○○○◎　○○○◎　○○○◎

（轉韻）

駉駉牡馬•　在坰之野•　薄言駉者•　有驈有皇。　有驪有黃。　以車彭彭。　思無疆。　思馬斯臧•

魯頌、駉

昊天不傭。　降此鞠訩。　昊天不惠。　降此大戾。　君子如屆　俾民心闋。　君子如夷。　惡怒是違。

小雅、節南山

大雅、板（二、五、八）　同、江漢（一、二、六）　小雅、巧言（三）　商頌、長發（一、二）

此外十句以上的詩的押韻法，大概準此。但是一章之構成，由奇數而組織者，不無另具特別的形式的。

（丁）三句詩

（1）每句押韻法

一　○○○◎　○○○◎　○○○◎

鴻飛遵渚•　公歸無所•　於女信處•　豳、九罭

十畝之間兮。　桑者閑閑兮。　行與子還兮。　魏、十畝之間

庶見素冠兮。　棘人欒欒兮。　勞心慱慱兮。　檜、素冠

子之丰兮•　俟我乎巷兮•　悔予不送兮•　鄭、丰

舒而脫脫兮•　無感我帨兮•　無使尨也吠•　召南、野有死麕

俟我於著乎而。　充耳以素乎而。　尚之以瓊華乎而。　齊、著

（2）二韻法

二　○○○○　○○○◎　○○○◎

蔽芾甘棠　勿翦勿伐•　召伯所茇•　召南、甘棠

三　○○○◎　○○○○　○○○◎

厭浥行露•　豈不夙夜　謂行多露•　召南、行露

彼采葛兮•　一日不見　如三月兮•　王、采葛

豈曰無衣七兮　不如子之衣　安且吉兮　唐無衣

四　○○◎　○○○◎　○○○○

麟之定　振振公姓　于嗟麟兮　周南麟之趾

彼茁者葭　壹發五豝　于嗟乎騶虞　召南騶虞

於我乎夏屋渠渠。　今也每食無餘。　于嗟乎不承權輿　秦權輿

按：秦風權輿之詩，毛傳以之爲每章五句之詩，此說不可從。並且它的末一句，與麟之趾及騶虞用同一的詠嘆法而爲押韻上之出韻。雖然「輿」「餘」「渠」三字同韻，似可作爲每句用韻的詩，但是從權輿第二章來看，則似應作爲出韻。仁井田南陽之補傳，把末句「于嗟乎不承權輿」中的「乎」「輿」二字認爲句中的押韻，亦不可從。其他鄭風褰裳之詩末句也不押韻，在第二章上亦附有「狂童之狂也且」，這與麟之趾、騶虞、權輿相同。又如魯頌有駜三章，章九句，而末句的「子胥樂兮」四字，和屬於每章的上句的韻字並不相關；又如大雅文王有聲之詩共八章，章五句，而每章之末句也加有「文王烝哉」或「王后烝哉」或「皇王烝哉」或「武王烝哉」四字，而不被上句之韻所左右，這都是一類的。

（戊）五句詩

（1）每句押韻法

一　○○○◎　○○○◎　○○○◎　○○○◎　○○○◎

予羽譙譙•　予尾翛翛•　予室翹翹•　風雨所漂搖•　予維音嘵嘵•　豳、鴟鴞

小雅、鼓鐘（四）　同、斯干（二、三、四）

（2）交互押韻法

二　○○○◉　○○○◎　○○○◉　○○○◎　○○○◎

豈曰無衣◎　與子同袍◎　王于興師◎　修我戈矛◎　與子同仇◎　秦、無衣

（3）四韻法

三　○○○○　○○○◎　○○○◎　○○○◎　○○○◎

鴟鴞鴟鴞　既取我子•　無毀我室•」　恩斯勤。斯　鬻子之閔。斯　豳、鴟鴞

四　○○○◎　○○○○　○○○◎　○○○◎　○○○◎

東方之日。兮　彼姝者子。　在我室。兮　在我室。兮　履我即。兮　齊、東方之日

江有汜。　之子歸　不我以。　不我以。　其後也悔。　召南、江有汜

五　○○◎　○○○◎　○○○◎　○○○○　○○◎

叔于田。　巷無居人。　豈無居人。　不如叔也　洵美且仁。　鄭、叔于田

迨天之未陰雨•　徹彼桑土•　綢繆牖戶•　今女下民　或敢侮予•　豳、鴟鴞

小雅、鼓鐘（一、二、三）

（4）三韻法

六　○○○○　○○○◎　○○○○　○○○◎　○○○◎

嘒彼小星　三五在東。　肅肅宵征　夙夜在公。　寔命不同。　召南、小星

四牡騑騑　嘽嘽駱馬。　豈不懷歸　王事無盬•　不遑啓處　小雅、四牡

（5）二韻法

七　○○○○　○○○◎　○○○○　○○○◎　○○○○

子惠思我　褰裳涉溱•　子不我思　豈無他人　狂童之狂也且•　鄭、褰裳

(己)　七句詩

(1)　每句押韻法

一　○○○◎　○○○◎　○○○◎　○○○◎　○○○◎　○○○◎　○○○◎　（轉韻、一韻）

出自北門。憂心殷殷。終窶且貧。莫知我艱」已焉哉。天實爲之。謂之何哉。（邶、北門）

定之方中。作于楚宮」揆之以日●作于楚室。樹之榛栗●椅桐梓漆●爰伐琴瑟●（鄘、定之方中）

玄王桓撥●受小國是達●受大國是達●率履不越●遂視既發●相土烈烈●海外有截●（商頌、長發）

商頌、長發（四、五、七）　同、殷武（六）

（2）六韻法

二　○○○◎　○○○◎　○○○○　○○○◎　○○○◎　○○○◎　○○○◎

王事適我。政事一埤益我。我入自外　室人交徧讁我。」已焉哉。天實爲之。謂之何哉。（邶、北門）

手如柔荑。膚如凝脂。領如蝤蠐　齒如瓠犀。螓首蛾眉」。巧笑倩兮●美目盼兮●（衞、碩人）

爰采唐矣。沬之鄉矣。云誰之思　美孟姜矣。期我乎桑中。要我於上宮●送我乎淇之上矣。（鄘、桑中）

三　○○○◎　○○○◎　○○○◎　○○○◎　○○○◎　○○○○　○○○◎

升彼虛矣。以望楚丘矣。望楚與堂。景山與京。降觀于桑。卜云其吉　終然允臧。

鄘、定之方中

碩人敖敖● 說于農郊● 四牡有驕● 朱幘鑣鑣● 翟茀以朝● 大夫夙退 無使君勞●

衛、碩人

肅肅鴇羽● 集于苞栩● 王事靡盬● 不能蓺稷黍● 父母何怙● 悠悠蒼天 曷其有所●

唐、鴇羽

（3） 五韻法

四 ○○○○ ○○○◎ ○○○○ ○○○◎ ○○○◎ ○○○◎ ○○○◎

汎彼柏舟 在彼中河。 髧彼兩髦 實維我儀。 之死矢靡他」。 母也天只。 不諒人。只

鄘、柏舟

河水洋洋 北流活活● 施罛濊濊 鱣鮪發發● 葭菼揭揭● 庶姜孽孽● 庶士有朅●

衛、碩人

五 ○○○○ ○○○◎ ○○○◎ ○○○◎ ○○○◎ ○○○○ ○○○◎

君子偕老 副笄六珈。 委委佗佗。 如山如河。 象服是宜。 子之不淑 云如之何。

鄘、君子偕老

六
○○○◎ 碩人其頎。
○○○◎ 衣錦褧衣。
○○○○ 齊侯之子
○○○◎ 衞侯之妻•
○○○○ 東宮之妹
○○○◎ 邢侯之姨•
○○○◎ 譚公維私•
（衞、碩人）

七
○○○◎ 肅肅鴇翼•
○○○◎ 集于苞棘•
○○○○ 王事靡盬
○○○◎ 不能蓺黍稷•
○○○◎ 父母何食•
○○○○ 悠悠蒼天
○○○◎ 曷其有極•
（唐、鴇羽）

（4）四韻法

八
○○○○ 有兔爰爰
○○○◎ 雉離于羅。
○○○○ 我生之初
○○○◎ 尚無爲。
○○○○ 我生之後
○○○◎ 逢此百罹。
○○○◎ 尚寐無吪。
（王、兔爰）

九
○○○◎ 喓喓草蟲。
○○○◎ 趯趯阜螽。
○○○○ 未見君子
○○○◎ 憂心忡忡。
○○○○ 亦既見止
○○○○ 亦既覯止
○○○◎ 我心則降。
（召南、草蟲）

要之，四句詩是中國韻文中的主要形式，這件事不僅從後世絕句之盛行可以看出來；詩經總共一千一百四十四章，而四句之詩竟占了三分之一之多，從這裏也可以知道的。次於四句之詩，以六句八句者爲多，這不過是返復四句的絕句型而已。六句之詩與八句之詩，僅有反復四句的半章或全章的差別。所以合計詩經中四句六句八句之詩，其數共有八百三十六章，佔總章數的十分之七以上了。

再從押韻法來加以觀察，四句詩也具備所有押韻上的各種形式，六句詩八句詩及其他諸詩的隔句韻、每句韻、交互韻等，也都無不在四句詩中取其典型。四句詩在隔句韻的場合，他的首句有押韻者及不押韻者二種；後世五言詩的首句多不押韻，七言詩之首句概係押韻，其淵源大概卽是發於詩經吧？每句韻有一韻到底者與轉韻者二種：只有二句三句的詩，每句用韻時雖不得不一韻；但是四句五句六句七句八句十句十一句的詩，每句都用韻時，却是一韻者少而轉韻者多，這也是勢所必然的。交互韻歐美詩中用的很多，例如第一、三、五之句押韻，而同時第二、四、六之句押他韻者卽是。在中國，唐代以後雖爲章碣好慣用者，而詩經的韻法已開其端了。

並且在六句的詩之中，轉韻者爲多；而在起聯二句轉韻者，乃是在絕句型（卽四句詩）的前面冠上每句用韻的二句詩。在末聯二句轉韻者，乃是在絕句型（卽四句詩）的後面附以每句用韻的二句詩。這可知四句詩是六句詩的基調了。又八句詩多爲四韻，這是因爲隔句押韻之故。後世稱律詩爲四韻詩，也就是因爲這種原因。在詩經裏邊轉韻之詩有前解二韻，後解二韻押韻者，這乃是把五言的絕句型反復而成的。又、八句六韻之詩，乃是反復七言之絕句型者；五韻之詩，乃是前解用七絕型，後解用五絕型或前解用五絕型，後解用七絕型者。從這些地方，也可以知道四句詩是八句詩的基調了。

毛詩楚辭攷

楚辭攷

一　楚辭之眞價

楚辭是對周詩三百篇而言，漢時劉向裒集屈原及其弟子宋玉景差等人的作品而命名的。名之爲楚辭者，因爲作者是楚人，作的地方是楚地，借楚國的山川風物草木鳥獸敘述自己的感懷，而開創一種獨特之體的緣故。在三百篇中，雖然有周南、召南、邶、鄘、衛、王、鄭、齊、魏、唐、陳、秦、鄶、曹、豳等十五國風，但是並沒有楚風；這大概是因爲楚國是南蠻鴃舌之地，所謂「是膺」「是懲」的民族，而周之文化尙未普及的地方。但是到了春秋戰國時候，楚國的國威突然發揚；楚國的領域大加擴張；進而窺伺中原，遂與齊鼎峙；一代偉人的老子，實卽出於楚國。可知楚國的文化之進步發達，非復昔日之可比了。中國的文化，雖然是發源於黃河流域，但漸次於長江流域進步。屈原及其門人在三百篇以外開新派創別體，爲楚國發揚萬丈的光焰，使長江流域的文學煥發了空前的一大精華。試徵諸論語所載的楚狂接輿之歌及孟子所載的孺子滄浪之歌，則楚國的俚謠，與其說它是近於屈原的騷體，不如說它近於三百篇的詩調。並且屈原的作品中，九歌是因襲沅湘之間流行的俗歌之形式而更易其內容者。而它的形式則句法短促，與離騷及九章不同；所以騷體是屈原創作的新調，這我們不能不知道的。

自古以來，稱揚楚辭文章的精妙的很多，如班固說：「宏博麗雅，爲辭賦宗，後世莫不斟酌其英華，則象其從容」；王逸說：「自孔丘終沒以來，名儒博遠之士著造詞賦，莫不擬則其儀表，祖式其模範，取其要妙，竊其華藻，所謂金相玉質，百歲無匹，名垂罔極，永不刊滅者也。」蘇軾說：「吾文終其身企慕而不能及萬一者，唯屈子一人耳！」朱應麒說：「楚辭皆以寫其憤懣無聊之情，幽愁不平之致，至今讀者猶爲感傷，如入虛墓而聞秋蟲之吟，莫不咨嗟歎息，泣下沾襟」；這都是贊語。而尤其是皮錫瑞所說的「三百篇後得風雅之旨者，唯屈子楚辭」這話更可謂善於發揮楚辭的眞價值。至於把屈原與古人相比，論他們彼此的特徵的，則如陳傅良以屈原與左氏莊子司馬遷相比，作爲六經以後的四個人，說道：「攄實而有文采者左氏也，憑虛而有理致者莊子也，屈原變風雅頌而爲離騷，司馬遷易編年而爲紀傳，皆前未有比，後可爲法，非豪傑特立之士，其孰能之？」何孟春以之與左氏莊生戰國策史記漢書相比，以爲擅古今文章之奇者，說道：「左氏之文以葩而奇，莊生之文以玄而奇，屈原之文以幽而奇，戰國策之文以雄而奇，太史公之文以憤而奇，班孟堅之文以整而奇；」姜南以之與莊周左氏司馬遷相比，說：「文章自六經語孟以外，後世言理者宗周，言情者宗原，言事者宗左氏司馬遷；周之言出於易，原出於詩，左氏司馬遷出於尙書春秋。」李夢陽以之與班固司馬遷宋玉相比，說：「史稱班馬，班實不如馬；賦稱屈宋，宋實不如屈，屈與馬二人皆渾渾噩噩，如長江大海，探之不窮，攬之不竭。」王世貞以之與司馬相如揚雄班固張衡相比，說：「雜而不亂，複而不厭，其所以爲屈乎？麗而不俳，放而有致，其所以爲長卿乎？子雲雖有剽模，尙少谿逕，班張而下，愈博愈晦愈下。」陳仁錫以之與左氏相如揚雄莊周宋玉劉向王逸等相比，說：「以原比之左氏相如揚雄莊周，可謂寃極，以宋玉劉向王逸諸人作合爲楚辭，可謂辱極。」這也都能品評楚辭的價值的。

但是「露才揚己」之誹，班固唱之於前，顏之推和之於後；這樣的人還不知道詩人之言都是發於眞情，溢乎至誠，言者無罪，不足與語詩也。孔子刪詩，而他還保存着怨親的小弁，刺讒的巷伯，以及其他孤臣孽子的憤懣無聊幽愁不平之作，把這樣的詩還列於風雅之中，這便是因爲憫其人，哀其志，取其思無邪，察其發乎情止乎禮義，斟酌其言者無罪聞者足戒的緣故。夫子之道，忠恕而已矣；但是不好成人之名的小人，則吹毛求疵，只是標榜自己；班固顏之推之與屈原，也就是這類吧？

楚辭一詞，本來是對屈原及其弟子宋玉景差等楚人的辭而命名的；因爲非楚人的賈誼淮南王安東方朔嚴忌王褒劉向等人，都祖式屈原，模擬楚辭，遂而把他們的作品也一併編入，而稱楚辭，這是劉向的濫稱。至於劉向以後的王逸，把他自己作的九思列在楚辭之中，可說是如非僭越，即爲愚誣了。陳仁錫大呼「以劉向王逸諸人作，合爲楚辭，可謂辱極，」便是因此。朱熹對於這點也夙有所見，他的楚辭集註，屈宋以下，僅取景差賈誼嚴忌劉安等人，而把東方朔王褒劉向王逸的作品刪除，這總算差強人意的。至於林雲銘的楚辭燈，僅取離騷九歌九章遠遊卜居漁夫招魂，而把賈誼以下的漢代作家一概取消，這庶幾乎大獲我心了。

二　屈原之性格

屈原的文章，思君懷國，都是至誠至忠的表現。從來中國文學，即與政治有密切的關係，文學的大部分都以政治爲背景。所以中國文學可稱之謂政治的文學，而同時中國的政治，可稱爲文學的政治。孔子孟子荀卿李斯韓非等，莫不皆然，而以屈原爲尤甚。屈原是楚國的王族，起初頗爲懷王所信任，爲左徒。他博聞强志，明於治亂，嫺於辭令，入則與王議國事，發號令，出則接待賓客，應對諸侯，內政外交皆適機宜。但是那裏想到浮雲障避日月之明，他竟無端被詘，成爲流放之身呢？這便是在他的文學作品中政治的色彩特別濃厚的原因了。屈原既詘之後，懷王見欺於張儀，屢敗於秦，遂爲秦人所虜，飲恨而死。屈原作離騷時，「其存君興國而欲反覆之，一篇之中三致志焉」，便是因此。他雖然已被上官大夫奪其寵，這是幸呢？還是不幸呢？他身與國君同宗，所以不能去國而執贄於諸侯；與君一休戚，與國共存亡，這是他的本懷。所以他被流放後雖是行吟澤畔，顏色憔悴，形容枯槁，却仍然是沒有一天不惓惓然懷故都思宗國。他在九章之中，反復的悲嘆自己的境遇，而同時又怨慕君國，欲鞠躬盡瘁，不也是因爲這個嗎？他的忠誠之心，眞是像淮南王安所云，可與日月爭光了。但是他竟前不見知於懷王，後不見信於頃襄王，可憐他作了汨羅江中的藻屑之後百有餘年，也不過僅有賈誼在他的弔屈原賦中，寄其一片同情之心而已。

關於屈原的性格，淮南王最初批評道，「蟬蛻穢濁之中，浮游塵埃之外，皭然涅而不滓，雖與日月爭光可也；」司馬遷應和之而作屈原列傳，在其論贊中曰，「余讀離騷天問招魂哀郢，悲其志；適長沙觀屈原所自沈淵，未嘗不垂涕，想見其爲人；」從這幾句話中，可以知道司馬遷對於屈原的同情之篤了。但是他又說，「及見賈生弔之，又怪屈原以彼其材，遊諸侯，何國不容，而自令若是？」這不得不聊爲屈原辯了：當那紂惡已極，殷之將亡的時候，比干諫死，微子遠去，箕子佯狂；而孔子曾稱之曰「殷有三仁。」像屈原的行爲，豈不是以三仁爲龜鑑，而自決去就，斷行死生嗎？君有過則諫，諫而不聽則去，這是人臣之義；但是去同姓之君，却屬不義。他說「屈心而抑志兮，忍尤而攘詬」他那憔悴之顏，枯槁之容，臨江潭，行吟澤畔的態度，不是很像箕子的佯狂嗎？他說「國無人兮莫我知兮，又何懷乎故都？既莫足與爲政兮，吾將從彭咸之所居；」這不又是像比干之以諫死自許嗎？他有忠誠之質，極恐皇輿之敗績，他有鬱悒之情，遂決懷沙之志。他又焉能希求遊於諸侯，見容於他國呢？王逸稱他道，「屈原膺忠貞之質，體清潔之性，直若砥矢，言若丹青，進不隱其謀，退不顧其命，此誠絕世之行，俊彥之英也；」這話實在是很當的。揚雄作反離騷，說道，「君子得時則大行，不得時則龍蛇，遇不遇命也,何必沈身哉?」在這做過莽大夫的無廉恥的人,他怎能知道君子之大節呢?朱熹特貶揚雄曰,「雄乃專爲偸生苟免之計,既與原異趣矣」這話很是痛快。他又說,「君子之於人也,取其大節之純全,而略其細行之不能無弊,則雖三人同行,猶必有可師者,況如屈子乃千載而一人哉?孔子曰,『人之過也,各於其黨,觀過斯知仁矣,』此觀人之法也。屈原之過,過於忠者也。」這纔庶幾得到稱「殷有三仁」的孔子的微旨呢!

三 離騷一(特質與眞價)

離騷並不是經,但是稱離騷爲經,自王逸以前就有了,從他的註「離、別也,騷、愁也,經、徑也;言以放逐離別,中心愁思,猶陳直徑以風諫君也,」便可知道。但是離騷是敍情詩,而決不是以教訓爲目的的倫理書。其篇中發表忠君愛國可爲人臣軌範的大義者,不過是屈原人格之表現,質存於內,故文形於外耳。然陸時雍說,「風雅既湮,離騷繼作,人取而經之,騷誠可經也。詩以持人道之窮者也,愛君憂國,顯忠斥佞,騷曷爲不可經哉?」金蟠說,「南華離騷,皆古今奇絕之文,而後人於六經之後,並尊爲經。夫經,常也;奇而不可越,乃常也。讀南華使人不敢蒙利達之心,讀離騷使人不敢忘生民之意。」說這些話的人，都是不知經史子集的分別，不足與語文學的。而清儒李光地方苞如顧成天林仲懿戴震屈復等又都不僅把離騷看做經，並且以解經的方法註釋它，不察其情思之所在，不究其興懷之所寓，徒以理智附會之，拘於文字而穿鑿之。戴震評屈原之賦二十五篇曰，「其心至純，其學至純，其立言指要歸於至純，二十五篇之書，蓋經之亞。」這話還無不可；但是像林仲懿說屈原之賦以執中爲宗派，以主敬爲根柢，陳學問之本領，帝王之心法，而與四書相表裏；解離騷的「名余曰正則兮，字余曰靈均」二句，謂與中庸的「天命之謂性，率性之謂道」相合，這却未免太甚了。

孔子嘗評詩曰，「詩可以興，可以觀，可以羣，可以怨，邇之事父，遠之事君，多識於鳥獸草木之名；」這是把三百篇有社交的倫理的，博物的效果說出來了。詩是這樣，騷也是這樣。詩有毛詩草木蟲魚疏及毛詩名物圖解；騷也有梁劉杳之離騷草木蟲魚疏，宋吳仁傑及明屠本畯之離騷草木疏，清周拱辰之離騷草木史；這可知詩騷都多取鳥獸草木爲材料了。所以說明詩騷的關係，葉盛云，「離騷源流於六義，與遠而情逾親，意切而詞不迫。」陳深說，「離騷變風之遺也，與比賦錯出成章，驟讀似未易瞭，細玩井然有理；」宋琪以之與左傳對稱，說，「左氏羽翼春秋，屈氏羽翼風雅，一也；是宜以離騷作詩傳。」雖然詩與騷在形式上既不相同，在聲調上也不一律。因爲詩的句法短，騷的句法長；詩的章法簡，騷的章法繁。所以自內容來說雖可云詩與騷性質一樣，但是自形式來說，則不能不說詩與騷的源流不同了。

司馬遷的史記屈原列傳採取淮南王安之說，曰「國風好色而不淫，小雅怨悱而不亂，若離騷者，可謂兼之矣。」小雅的怨悱而不亂是事實，國風的好色而不淫也是事實；而說離騷兼而有之便不是事實了。何以呢？因爲離騷雖有小雅之怨悱，而並無如國風之好色者。像離騷中「惟草木之零落兮，恐美人之遲暮；」「衆女嫉余之蛾眉兮，謠諑謂余以善淫；」「忽反顧以流涕兮，哀高丘之無女；」「及榮華之未落兮，相下女之可詒；」「吾令豐隆乘雲兮，求虙妃之所在；」「望瑤臺之偃蹇兮，見有娀之佚女；」「及少康之未家兮，留有虞之二姚；」「思九州之博大兮，豈惟是其有女；」「和調度以自娛兮，聊浮游而求女」諸語，都是比喻的話，並不是眞好色而追求美人者。不得君而熱中的屈原，那裏還有被色欲所驅而戀愛美人的工夫呢？

劉勰在文心雕龍辯騷中曰：「雅頌之博徒，而詞賦之英傑也；」這不是認爲離騷雖可爲詞賦之始祖，但却並非雅頌之純系嗎？大概劉勰雖肯定了離騷有典誥之體，規諷之旨，比興之義，忠怨之辭，但却否定其詭異之辭，譎怪之談，狷狹之志，荒淫之意；因此譏一面稱為博徒，一面稱為英傑吧？明胡應麟說「離騷風雅之衍，詞賦之祖也，」也是這個意思。

關於離騷的名義，司馬遷說「離騷猶離憂也，」這雖把「騷」字解為憂了，但是「離」字應怎樣解釋並沒有說清楚。毛詩王風曰「雉離于羅，」莊子盜跖篇曰「服其殃，離其患；」韓非說難曰「曠日離久，」屈原九歌曰「思公子兮徒離憂；」又懷沙曰「離慜而長鞠；」都是以「離」與「罹」字同解。所以班固說「離，猶遭也，」應劭說「離，遭也；」顏師古亦解為遭之義。惟王逸之注云「離，別也，」戴震之音義云「離，猶隔也，」這便錯誤了。又如顏師古把「騷」字解作「擾動，」戴震解「騷」為「動擾有聲之謂；」岡松甕谷把「騷」解作「騷擾，」這也都不對。離騷一文實自怨而生，由憂愁而作，何曾意想到騷擾呢？

又關於離騷之文體，陳繼儒以之與莊子對比，說「古今文章無首尾者獨莊騷兩家，蓋屈原莊周皆哀樂過人者也。哀者毗於陰，故離騷孤沈而深往；樂者毗於陽，故南華奔放而飄飛。哀樂之極，笑啼無端；笑啼之極，言語無端」這話雖然頗爲奇拔，但是畢竟不過以凡人的丈尺，評議非凡人的繩墨耳，離騷南華的文章豈是沒有首尾的呢？它既有起承轉合，又有段落及脈絡，不過人力加工的痕跡不多能了。蘇軾嘗教人作詩說，「熟讀毛詩國風與離騷，曲折盡在是矣」這話很能發揮離騷的眞價値。所以王邦采離騷彙訂說，「予少時嘗讀屈子離騷，矣字多奇，聲多楚，義多奧，如聽古樂，然讀未數行，輒昏昏欲睡。稍長，卒讀之，漸覺有味，如啜佳茗焉；因反覆讀之，又如飲醇醪，令人心醉也。」這眞是體驗之言。尤其是他說的「所貴乎能讀者，非徒誦習其詞章聲調已也，必審其結構焉，必尋其脈絡焉，必考其性情焉。結構定而後段落清，脈絡通而後詞義貫，性情得而後心氣平；」更能把陳繼儒之說一蹴而去之。他又說，「如怨如慕，如泣如訴，屈子之情生於文也。忽起忽伏，忽斷忽繼，屈子之文生於情也」更可謂能發揮離騷之情文而無復遺憾了。至於陳本禮之精義曰，「烹詞吐屬之妙，天籟生成，其凄其處，如哀猿夜叫；濃郁處，如旃檀香焚；鮮艷處，如琪花綻蕊；蒼勁處，如古柏參天；其繪聲繪色處，如吳道子畫，無美弗備；其經營慘澹處，如神斧鬼工，巧妙入微；」這可謂善於形容離騷之至文了。他如黃文煥蔣驥林雲銘之娓娓而論其文法，雖未臻上乘，不得其三昧，但是也足資參考的。

四　離騷二（段落與脈絡）

離騷的文章，好像是沒有文法而實是有文法的。不僅是字有字法，句有句法，並且章有章法。篇有篇法。不僅篇章之間首尾相應，並且中腹之處有波瀾，有曲折，有起伏，有斷續。我之分段落，尋脈絡，而審察其一篇的結構，便是因爲這種原因。

王逸的楚辭章句，雖然能說明離騷的字義，但是他還沒有分其章節。至朱熹的集註，始以四句爲一節，把全篇分成九十三節。錢杲之的集傳分爲十四節。陳本禮的精義分爲十節。但是錢氏的一節，少者雖僅八句，多者竟有七十六句；陳氏之一節，短者亦不下六解，長者則有十三解；所以他們所謂十節及十四節，猶後人所說的十段及十四段也。其他王邦采之離騷彙訂分爲三大段，戴震之離騷註分爲十段，屈復之新註分爲五段，方廷珪之集成分爲六段；所以我也效顰一番，分爲五段：

朱註本	第一節	第二節	第三節	第四節	第五節	第六節	第七節	第八節	第九節	第一〇節	第一一節	第一二節	第一三節	第一四節	第一五節
錢杲之	第一節（二十四句）						第二節（二十四句）						第三節（八句）		
王邦采	第一大段（三十二節二百二十八句）														
戴震	第一段（十節四十句）										第二段				
陳本禮	第一節（十一解）														
方廷珪	第一段十九節（七十六句）														
愚考	第一段（小序）	第二段（三十三節百三													

第一六節
第一七節
第一八節
第一九節
第二〇節
第二一節
第二二節
第二三節
第二四節
第二五節
第二六節
第二七節
第二八節
第二九節
第三〇節
第三一節

第四節（二十八句）	第五節（十二句）	第六節（三十二句）

（九節三十六句）	第三段（七節二十八句）	第四段（六節二十四

十二句）　是一篇主意發揮之處

第三二節　第三三節　第三四節　第三五節　第三六節　第三七節　第三八節　第三九節　第四〇節　第四一節　第四二節　第四三節　第四四節　第四五節　第四六節　第四七節

第七節（十二句）　第八節（四十句）

第二大段（三十

句）　第五段（十三節五十二句）　第六段

第五節（十三解）　第六節

第四段（三十三節

第三段（二十九節百六十句）

第四八節
第四九節
第五〇節
第五一節
第五二節
第五三節
第五四節
第五五節
第五六節
第五七節
第五八節
第五九節
第六〇節
第六一節
第六二節
第六三節

第九節（七十六句）

三節百二十八句）

（八節三十二句）	第七段（十節四十句）
（八解）	第七節（十一解）

百二十八句）

是一篇神韻流露之處

第六四節　第六五節　第六六節　第六七節　第六八節　第六九節　第七〇節　第七一節　第七二節　第七三節　第七四節　第七五節　第七六節　第七七節　第七八節　第七九節

第十節（二十句）	第十一節（三十六句）

第三大段（二十九

第八段（六節二十四句）	第九段（十三節五十二句）

第八節（十二解）	第九節

第五段（十九節七十六句）

第四段（二十八節百二十句）

第八〇節　第八一節　第八二節　第八三節　第八四節　第八五節　第八六節　第八七節　第八八節　第八九節　第九〇節　第九一節　第九二節　第九三節

第十二節(二十句)　|　第十三節(三十六句)　|　第十四節(亂)

節百十六句)

第十段(十節四十句)　|　(亂)

(七解)　|　第十解(九解)　|　(亂)

第六段(十節四十句)

是一篇餘音嫋嫋之處　|　第五段(亂)總結

陳繼儒評離騷之文章，說它無首無尾，這是不對的。王邦采說讀騷必須審其結構，尋其脈絡，考其性情，這話可謂先得我心。不僅王邦采如此說，方廷珪亦云「讀離騷當細分其前後段落，自前至後，由淺入深，中有虛有實，有虛中實，實中虛，併無一句重複，無一字沒意義沒着落；又當知其前後用意所在。」試尋離騷之脈絡，察屈原微旨起伏斷續之跡，足知方氏所言，不吾欺也。

朱註第九節	豈余身之憚殃兮	恐皇輿之敗績
朱註第一二節	余既不難夫離別兮	傷靈修之數化
朱註第一四節	雖萎絕其亦何傷兮	哀衆芳之蕪穢
朱註第一七節	苟余情其信姱以練要兮	長顑頷亦何傷
朱註第一九節	雖不周於今之人兮	願依彭咸之遺則
朱註第二〇節	長太息以掩涕兮	哀民生之多艱
朱註第二一節	亦余心之所善兮	雖九死其猶未悔
朱註第二三節	怨靈修之浩蕩兮	終不察夫民心
朱註第二四節	寧溘死以流亡兮	余不忍爲此態也
朱註第二六節	伏清白以死直兮	固前聖之所厚

朱註第三一節　忽反顧以游目兮　將往觀乎四荒

朱註第三二節　雖體解吾猶未變兮　豈余心之可懲。

朱註第四四節　阽余身而危死兮　覽余初其猶未悔。

朱註第四八節　路曼曼其修遠兮　吾將上下而求索。

朱註第六四節　懷朕情而不發兮　余焉能忍而與此終古

朱註第六七節　何處獨無芳草兮　爾何懷乎故宇

朱註第七二節　曰勉陞降以上下兮　求矩矱之所同

朱註第八三節　及余飾之方壯兮　周流觀乎上下

朱註第八五節　何離心之可同兮　吾將遠逝以自疏

朱註第九二節　僕夫悲余馬懷兮　蜷局顧而不行

朱註第九三節　國無人莫我知兮　又何懷乎故都　既莫足與爲美政兮　吾將從彭咸之所居

像這樣的去尋屈原主意之反復起伏之跡，便可見恰如草蛇灰線的隱現出沒一般。同時我們還不可不知道一篇離騷中有三個字眼：即一「怨」字，二「去」字，三「死」字。第一字眼的「怨」，便是司馬遷所謂「屈原之作離騷，蓋自怨生」的怨字；而篇中許多的「傷」字「哀」字「恐」字字「懷」字「悲」字「悔」字及「長太息」三字，都不過是「怨」字的化身；至結尾之「僕夫悲余馬懷」一句總收束之。第二字眼的「死」字，如曰「九死」，曰「溘死」，曰「死直」，曰「危死」，曰「雖委絕」，曰「雖體解」，曰「將遠逝以自疏」，曰「何懷乎故都」，曰「將從彭咸之所居」；皆是而結末的「又何懷乎故都」一句，回顧第六十七節之「爾何懷乎故宇」；結尾之「吾將從彭咸之所居」一句，應照第十九節之「願依彭咸之遺則」；最有情致。第三字眼的「去」字，則以與楚同姓，義不可去，欲去而不能，是他的苦心之所在，如第三十一節曰，「將往觀乎四荒」，第四十八節曰「吾將上下而求索」，第六十七節曰「爾何懷乎故宇」，第七十二節曰，「勉陞降以上下兮」，第八十三節曰，「周流觀乎上下」；都是前後反復，所謂五步一反顧，十步一徘徊也。做微子呢？做箕子呢？做比干呢？他不能不躊躇了！而欲去不能去，將捨生以取死的他那正義的大決心，從起首「名余曰正則兮字余曰靈均」二句出，而歸結於結尾的「既莫足與爲美政兮，吾將從彭咸之所居」二句。這樣看來，誰能說離騷的文章沒有首尾呢？

五　離騷三（句法與押韻法）

離騷之造句法與虞夏商周之詩不同。離騷概爲六字句，而句之中間用轉接詞「而」「以」「與」，接尾詞「之」，或前置詞「乎」「於」「于」以構成一種句法；在無韻的上句之尾端加以接尾詞「兮」字。這種形式自離騷始，九章（懷沙橘頌除外）及遠游亦皆用之，而宋玉之九辯，東方朔之七諫，嚴忌之哀時命，劉向之九歎等所謂騷之正系的作品也都用此句法。而第一人稱即「余」「吾」之主語置於副詞或形容詞之下也是離騷的特徵。例如「汨余若將不及兮」，「耿吾既得此中正」，「邅吾道夫崑崙兮」「朝吾將濟於白水兮」「忳鬱邑余侘傺兮」「溘吾遊此春宮兮」「曾歔欷余鬱邑兮」之類皆是。又於用字之法，稱楚王曰「荃」，曰「靈修」；比人之德性於芳草，則擬於江蘺、辟芷、蘭蕙、留夷、揭車、杜衡、芙蓉、芰荷、木蘭、宿莽、荃、薜荔、茝、申椒、菌桂、胡繩；比於瓊玉，則擬於玉虬、瓊枝、瑤象、珵、瓊佩、瓊靡、玉鸞、玉軑；這也是離騷的特色。且如用「憑」字爲滿義，用「謇」字爲難義，用「扈」字爲披被義，以「紐」字爲繩索義，自取義用「謇」，轉義用「邅」，歎息之詞用「羌」，這都是用楚國的方言，也是離騷字法上的一種特徵。

離騷之押韻法概係隔句押韻者，而以四句二韻爲定則。例如詩經章之總數一千一百四十四，而其中四句之詩，竟達三百八十二章之多，占了總數的三分之一，由此可知古來的詩人是怎樣的慣用一章四句之詩了。又如後世的古詩長篇多四句一轉者，又五七言絕句以四句爲一章，亦皆此意。明陳第說，「按離騷以六句爲韻者一段，八句爲韻者五段，十二句爲韻者二段，餘皆四句爲韻」這也是以四句二韻爲離騷之常式的。並且所謂八句爲韻十二句爲韻者，也都不過是四句詩的加倍。所謂六句爲韻者，又焉知不是二句衍文或有二句脫文呢？如「日黃昏以爲期兮，羌中道而改路」二句，洪興祖已說是衍文；朱熹也辯疏其下或有脫文。而王邦采不取朱註，從洪注說，「少此二句，于文氣未嘗不貫」。所以我倣傚朱熹之把離騷的章節作爲四句一節，分全篇爲九十三節之例，也把離騷的押韻法作爲四句一解，分全篇爲九十三解，以窺探屈原時代通韻的範圍：

第一解　庸　降

第二解　名　均

第三解　能　佩

第四解　與　莽

第五解　序　暮
第六解　度　路
第七解　在　莒
第八解　路　步
第九解　隘　績
第一〇解　武　怒
第一一解　舍　故
第一二解　他　化
第一三解　晦　芷
第一四解　刈　穢
第一五解　索　妬
第一六解　急　立

第一七解　英　傷

第一八解　蘂　纚

第一九解　服　則

第二〇解　艱　替

第二一解　茞　悔

第二二解　心　淫

第二三解　錯　度

第二四解　時　態

第二五解　然　安

第二六解　詢　厚

第二七解　反　遠

第二八解　息　服

第二九解　裳芳

第三〇解　離虧

第三一解　荒章

第三二解　常懲

第三三解　予野

第三四解　節服

第三五解　情聽

第三六解　茲辭

第三七解　縱巷

第三八解　狐家

第三九解　忍隕

第四〇解　殃長

第四一解　差頗

第四二解　輔土

第四三解　極服

第四四解　悔醢

第四五解　當浪

第四六解　正征

第四七解　圃暮

第四八解　迫索

第四九解　桑羊

第五〇解　屬具

第五一解　夜御

第五二解　下予

第五三解　佇妬

第五四解　馬女

第五五解　佩詒

第五六解　在理

第五七解　遷盤

第五八解　遊求

第五九解　下女

第六〇解　好巧

第六一解　可我

第六二解　遙姚

第六三解　固惡

第六四解　寤古

第六五解　之之
第六六解　女汝
第六七解　宇惡
第六八解　異佩
第六九解　當芳
第七〇解　疑之
第七一解　迎故
第七二解　同調
第七三解　媒疑
第七四解　舉輔
第七五解　央芳
第七六解　之之

第七七解　留　茅
第七八解　艾　害
第七九解　長　芳
第八〇解　幃　祗
第八一解　化　離
第八二解　茲　沫
第八三解　女　下
第八四解　行　粻
第八五解　車　疏
第八六解　流　啾
第八七解　極　翼
第八八解　與　予

第八九解　　待　期

第九〇解　　馳　蛇

第九一解　　遻　樂

第九二解　　鄉　行

第九三解　　都　居

當屈原的時代，沒有一種韻書，四聲之別，始於沈約；二百六韻之別，始於陸法言；所以離騷之押韻，到底應如鄭庠之分爲六部呢？應如顧炎武之分爲十部呢？應如江永之分爲十三部呢？抑應如段玉裁之分爲十七部呢？這雖不得其詳，但是楚國的發音與齊秦之發音不同，這却是不待智者即可知道的。屈原之發音，自然是準據楚國的方音，所以離騷的押韻有四聲混用者，也不足爲怪。不僅是皋陶的元首歌中平仄混用，就是詩經三百篇中亦多此例；這是因爲秦漢以前沒有韻書，沒有音韻學者，天下便也沒有標準音的緣故。這怎能獨責屈原，排斥楚辭呢？

六　九歌

九歌是屈原放浪於沅湘之野的時候所作而爲楚之巫覡祀神時歌舞唱和的樂曲。楚國的風俗，自古卽信鬼神重祭祀，所以懷王欲隆祭祀事鬼神以邀福助而却秦軍，這件事谷永已說過了。尤其是沅湘之邊，信鬼好祀更甚，其祀必使巫覡作歌舞音樂以樂神，這是王逸朱熹都曾說過的。但其歌詞鄙俚往往流於褻慢淫荒，所以屈原依其俗調，更其歌詞而作九歌。這與荀卿成相篇之依俚謠之調而革新其內容是一樣的。

九歌不必九篇。東皇太一雲中君湘君湘夫人大司命少司命東君河伯山鬼國殤禮魂有十一篇，這是諸說紛紛錯出的原因。離騷及天問叙及禹子啓時有九辯及九歌；但不知這個九歌。九辯，果眞是九篇不是？九夷九逵九衢九皐九旻九原九合九折之九不必限定九個數。於是有人說九歌的九字，亦不過是取多數之意而不可限定九篇。這話也不是毫無理由。但是宋玉的九辯以下，九懷九歎九思等凡以九爲題名者，都是九篇；而獨於屈原的九歌，則以之爲十一篇的總稱，這可以嗎？於是又有人爲使契合九篇之數，或謂應把國殤禮魂二篇除外，而附屬於九歌之後，或云應把山鬼國殤禮魂三篇合爲一篇。王邦采駁擊這種主張，說他「尤爲謬妄」，這話很是。故蔣驥的楚辭餘論說，

「九歌本十一章，其言九者，蓋以神之類有九而名。兩司命類也；湘君與夫人亦類也。神之同類者，所祭之時與地亦同，故其歌合言之。」這話頗與我的意見相近。又如王邦采之九歌箋略云，「九章是九篇，九辯是九篇，何獨於九歌而異之？當是湘君湘夫人只作一歌，大司命少司命只作一歌，則九歌仍是九篇耳；」這話也是與蔣氏相同的。

九歌的內容有表裏兩面。表面敘事神之敬，裏面藏思君懷國之精忠。所以王逸說，「上陳事神之敬，下以見己之冤結，託之以風諫。」朱熹曰，「此卷諸篇皆以事神不答而不能忘其敬；比事君不合而不能忘其忠。」蔣驥曰，「九歌之托意君臣，在隱躍卽離之際，若欲句櫛字比以求合之，則刓方爲圓矣。」戴震也是能知屈原之心事，察九歌之微旨的人，所以他說「昭誠敬，作東皇太一；懷幽思，作雲中君；蓋以況事君精忠也。致怨慕，作湘君湘夫人；以己之棄於人世，猶巫之致神而神不顧也。正於天，作大司命少司命；皆言神之正眞，而惓惓欲親之也。懷王入秦不反，作東君；其辭有報秦之心焉。從河伯水遊，作河伯；與魑魅爲羣，作山鬼；閔戰爭之不已，作國殤；恐常祀之或絕，作禮魂。』至於九歌字句的解釋，王逸朱熹已殊其說；明淸諸家，亦各異其所見。屈原的本旨果眞何在，是難以知道的。因爲九歌本來是改革俚謠而成者，他的目的在於使民衆能够了解，不能不多少斟酌民意，避免高雅，以就卑俗。然如宋馮夢楨愛九歌之情韻，竟說「誠楚材之最眞逸聖之天籟也；」這未免是過褒之言了。

九歌的句法比離騷爲短，而在句之中間插入語助詞兮字；這是與離騷不一樣的地方。例如「日月忽其不淹兮，春與秋其代序。惟草木之零落兮，恐美人之遲暮；」這是離騷的句法；「吉日兮辰良，穆將愉兮上皇。撫長劍兮玉珥，璆鏘鳴兮琳琅；」這便是九歌的句法了。

七　九章

九章也是成於屈原的無限的憂愁幽思的，惜誦抽思思美人哀郢涉江懷沙橘頌悲回風惜往日之九篇是也。但是我相信把橘頌一篇除外而把遠遊一篇添入九章，這樣是對一點。爲什麼呢？因爲橘頌是後世咏物之祖，無論是從他的性質來說句法來說，都與其他八篇不一樣。陳本禮所說的「橘頌乃三閭早年咏物之什，以橘自喻，且體涉於頌，與九章之文不類，」這話是頗得我心的。

九章非必一時之作，或作於懷王之時，或作於頃襄王之世。並且作成的地方亦非一處，或在江南，或在漢北。如惜誦作於懷王始疏屈原之際，所以可說是成於離騷之前。抽思思美人二篇，亦作於懷王之世者，所以其立言與哀郢以下六篇異趣。但是王逸在離騷序中一面說「懷王客死於秦，其子襄王復用讒言遷屈原於江南，而屈原放在山野復作九章；」又在九章序中也說「屈原放於江南之野，思君念國，憂心罔極，故復作九章。」而一面在註九章時，認爲皆指懷王，可謂粗漏了。與王逸的粗漏相比，則如林雲銘說：惜誦一篇雖已在懷王見疏之後，然亦未放時作，抽思思美人二篇已爲懷王放居漢北時作，哀郢涉江等六篇頃襄王時放於江南後作。蔣驥說，「余謂九章雜作於懷襄之世，其遷逐固不皆在江南，卽頃襄遷之江南，而往來行吟，亦非一處。諸篇詞意皎然，非好爲異也。」這些話說得很對的。

九章之格調，除橘頌懷沙外，皆與離騷同轍，是屈原獨具的句法。朱熹稱九章之詞說「大抵多直致無潤色，而惜往日悲回風又其臨絕之音，以故顚倒重複，倔強踈鹵，尤憤懣而極悲哀，讀之使人太息流涕而不能已。」陳本禮以爲九章之谿逕比離騷九歌更幽，他說「離騷九歌體若比興，然九章則直賦其事，而淒音苦節，動天地而泣鬼神。」這也都能論定九章之價值的。

支那文學雜攷序

明治而降，世態一變。舊學不振，耆宿凋謝，後起者將不繼，當路憂之。十六年設古典科於大學，養國漢兩部生。明年秋，余以漢文後期生中選入學，師則當代碩儒，友則四方俊髦，切劘不息。有兒島君星江，問其鄉則吉備，問其師則三島中洲翁，皆與余同也。而嗜文章，有氣概，余喜訂交。閱四年，業畢。時漢學不振，君吏於博物館，余則都講於二松學舍。凡十年所君則任熊本高等學校教授，明年薦余其校，於是益親昵，日夕往來，如影之於形，嘗俱探耶馬之勝，風晨雪夕，重繭扶策，百里肆義洋之觀。未幾，余轉鹿兒島高校，君寄書曰「子去不堪無聊，專從事著撰」。又十年而支那大文學史出焉，同學未有克先焉者也。既而君還東京，為高等師範學校教授，業暇矻矻，益肆力文學，於是支那文學史綱成焉。尋草韻文散文二考，授文學博士，同學亦未有克先焉者也。既而君進京城大學教授，赴任雞林。昭和丁卯，余罷官入京，督二松學舍，君則以前年去京，不復能執手談論，倦則出遊吟嘯，歡如前日，余恨可知。既而報云君病歸養鎮西。踰年又報云君忘矣！嗚呼！君嚮攜新著支那文學概論入京，同人張宴勞之，命照師寫影，皆曰同人意氣尚壯，誰乎先逝者？相顧無語。何知君溘亡如此邪？頃君受業弟子內野台嶺君謀于關某刊君遺著支那文學雜攷，徵余序。余往年序大文學史，今又序遺著，庶乎誼有終始。蓋君之於此著，不能無殘膏賸馥之感。然聞藥窗病枕，往往執筆成稿，是不可不珍重。況強弩之末勢，尚足穿魯縞乎：顧同學三十餘人，當時皆青年志旺氣盛，駸駸不可遏，毌數十年之間凋落殆盡，歲時良辰，設筵叙舊會者寥寥不過數人，使人憮然不勝人間存沒之感。而如君則著書育英，尤凌等儕，以能後勁于先儒宿學，不負國家養材之旨，可復無遺憾矣。抑君嚮謂余曰，「吾行將東歸，子以道學，吾以文學，俱樹幟於東都，以鳴斯學之盛，不亦快乎？」言尚在耳，人則亡，將重不勝歔欷流涕也。

濟齋山田準撰。

昭和癸酉秋日